O menino que pintava sonhos

DUCA LEINDECKER

O menino que pintava sonhos

5ª EDIÇÃO

L&PM
EDITORES

Texto de acordo com a nova ortografia.

1ª edição: primavera de 2013
5ª edição: primavera de 2021

Capa: Ivan Pinheiro Machado
Ilustração da capa: drada/Shutterstock
Preparação: Jó Saldanha
Revisão: L&PM Editores

CIP-Brasil. Catalogação na fonte
Sindicato Nacional dos Editores de Livros, RJ.

L542m

Leindecker, Duca, 1970-
   O menino que pintava sonhos / Duca Leindecker. – 5. ed. – Porto Alegre, RS: L&PM, 2021.
   152 p. ; 21 cm.

   ISBN 978.85.254.3045-8

   1. Ficção brasileira. I. Título.

13-05017   CDD: 869.93
                      CDU: 821.134.3(81)-3

© Duca Leindecker, 2013

Todos os direitos desta edição reservados a L&PM Editores
Rua Comendador Coruja, 314, loja 9 – Floresta – 90.220-180
Porto Alegre – RS – Brasil / Fone: 51.3225.5777

Pedidos & Depto. Comercial: vendas@lpm.com.br
Fale conosco: info@lpm.com.br
www.lpm.com.br

Impresso no Brasil
Primavera de 2021

Agradeço a colaboração e o carinho de Guilherme Liberato Leindecker, Manuela D'Ávila e Carlos Carreiro.

I

O despertador ainda não havia tocado quando abri os olhos na manhã do dia cinco de abril de mil novecentos e noventa e nove. Abri os olhos por intuição e virei o rosto na direção do relógio que estava prestes a tocar. Suavemente, retirei o lençol que me cobria e, apoiando a mão na lateral da cama, pisei o assoalho fresco precisamente com o pé direito. Primeiro o direito, como fiz em todas as manhãs que precederam aquela. Até onde minha memória alcançava, nunca, nem mesmo nas mais despretensiosas manhãs, havia eu levantado da cama senão com o pé direito. Assim que firmei os pés no chão e ergui o corpo ainda enrijecido por aquela longa noite, levei a mão até o pino do relógio e evitei que ele disparasse. Caminhei até o banheiro e enxaguei o rosto três vezes. Nem mais, nem menos. Três enxaguadas que banhavam o rosto inteiro e deixavam minhas sobrancelhas encharcadas. Ali no reflexo daquele espelho com a borda de plástico azul-claro e com manchas pretas pela umidade, percebi algo diferente. Por certo que todos os dias ao nos reencontrarmos em frente ao espelho, nos deparamos com a diferença por mais imperceptível e sutil que seja. Só a frigidez da rotina é que faz com que não percebamos o estranho que nos espera em cada nova manhã. O tempo se esconde em detalhes quase imperceptíveis e sempre disfarçados de ontem. Naquele cinco de abril algo havia mudado além da perspicácia da rotina. No espelho havia mesmo um estranho. Alguém que, por alguma razão, me encarava como se guardasse um segredo.

Meus cabelos não estavam nem compridos, nem curtos. Minhas mãos longas não chegaram até eles e se preocuparam apenas em repetir o ritual das três enxaguadas consecutivas que me banhavam o rosto. Longa também era a minha rotina. Passei tempo demais saindo de casa ao nascer do sol e voltando muito depois do crepúsculo. Nada me incomodava. Eu estava sempre bem na habilidade que desenvolvi de permanecer equilibrado independente das adversidades que me afrontassem. Uma espécie de receita que poucos conseguem encontrar e que é, de fato, o segredo da felicidade.

Uma brisa leve que passa nas manhãs de outono pode ser maravilhosa ou horrível. O salto em um pequeno trampolim nas piscinas dos dias quentes de verão pode ser fantástico ou horrível. A vida do jeito que está pode ser uma dádiva ou um eterno castigo. Tudo está apenas ligado à capacidade de lidar com a expectativa e sua revelação, com o sucesso e o fracasso.

Passei longos anos sorrindo o mesmo sorriso leve e vendo em tudo a beleza das pessoas e das coisas, o que, para muitos, pode ser horrível. Meu pai me ensinou a lavar o rosto três vezes pela manhã e levantar sempre com o pé direito. Determinado, construí uma vida cheia de entusiasmo, porém, na manhã daquele cinco de abril de mil novecentos e noventa e nove, decidi ficar em casa. Subitamente não dei o mesmo sorriso leve de todas as manhãs e por alguma razão precisei voltar às mais remotas histórias. Resgatar o que fosse capaz de lembrar ainda que, por vezes, fossem histórias contadas, histórias lembradas, histórias criadas no traiçoeiro gerenciamento da memória. E nessa busca voltei ao momento exato onde tudo começou...

II

A temperatura fria do ar e das cores não interferia na emoção que meu pai, Inácio, sentia na sala de espera. Um torpor de proporções desconhecidas. Uma sensação nova e impalpável. Ele sonhava com um filho desde sempre, pois perdera o pai muito jovem e assim esperava recriar a relação que lhe fazia falta. Foi criado por sua mãe, e com dezesseis anos já trabalhava para ajudar em casa.

Numa pequena praça, ao lado de uma escola, ele começara a trabalhar. Passava o dia pedalando nuvens de algodões-doces em uma carrocinha ambulante. Um trabalho muito simples, mas que para ele tinha um significado além de ser o meio pelo qual tirava o seu sustento. Em cada criança enxergava seu futuro filho, num exercício interminável de autoprojeção embalado por aquelas nuvens azuis e rosas. Quando com elas brincava, pois estavam sempre correndo a sua volta, oferecia-lhes mais carinho do que a maioria dos seus pais. Inácio se doava em qualquer coisa que fizesse e, além da carrocinha, fazia de tudo para conseguir qualquer extra que lhe fosse conveniente. Um bico ali, outro aqui, e assim ia levando. Batalhando para vencer cada dia e assim ganhar a vida. Fizesse sol, fizesse chuva, ele estava lá sob as árvores da praça, a mesma praça onde

surgiu a imagem de minha mãe, Ângela, ao fundo de um pequeno corredor de buganvílias. Uma imagem inesquecível gravada no imaginário de um homem simples mas cheio de sonhos. Sonhos que o levaram até aquela sala de espera enquanto Ângela estava em trabalho de parto...
– Força!!
– Não consigo!
– Força!!!
– Pelo amor de Deus!!
Ele ouvia, de longe, e mantinha os olhos fixos na parede bege que estava a sua frente na sala de espera daquele hospital. Um momento real e distante do imaginário romântico que se cria em torno das passagens importantes da vida. O nascimento. Na teoria algo lindo, divino, cheio de passarinhos entoando melodias aconchegantes ao som aveludado de flautas doces.
– Força!
– Não consigo!!!
No mundo real, um momento de pura brutalidade, atrito e medo. Medo da dor, medo da morte e da vida. Medo do caminho sem volta que só se justifica com a determinação e a paixão por ser pai e mãe em sua plenitude.
O termômetro pendurado na parede marcava oito graus. Era óbvio que ele estava aterrorizado. Era uma época em que quase não se faziam cesarianas – uma operação cercada de mitos e mistérios. Usava-se fórceps, alicates de dilatação, tesouras longas. Instrumentos medievais expostos nas inacessíveis salas de parto daqueles anos.
Ninguém sabia qual seria o meu sexo. Na época não era possível prever, e eles esperavam que eu fosse uma

menina. Todos diziam que a barriga arredondada era sinal de que eu seria mesmo uma menina.

— Força!!!

Silêncio.

O silêncio era definitivamente pior do que a gritaria.

Silêncio...

— Inhê, inhê, inhê!!! – o grito agudo que dei depois de sair da barriga da minha mãe coberto de sangue.

— Nasceu!!!

Meu pai continuou imóvel. Uma postura aparentemente covarde, mas que era típica de seu tempo. Um tempo em que os maridos se ausentavam voltados para si, enquanto as mulheres se estrebuchavam para dar a luz.

— Nasceu! É um menino!

Escorando a mão no braço do sofá, levantou-se e caminhou em passos cadenciados até a porta do corredor que dava acesso à sala de parto. Da pequena janela na parte superior da porta, emanava uma luz que aos poucos banhava todo o seu rosto e realçava o brilho dos olhos molhados. Uma felicidade real. Um reencontro com algo perdido na sua primeira infância. O contato que foi interrompido pelo destino e que ali poderia ser reconquistado. Contato. Uma viagem profunda para dentro da sua personalidade. Uma personalidade única, inconstante e quase sempre indecifrável como a de cada um que procura respostas para si.

Sempre ouvi essa história assim. Meu pai fez questão de repeti-la inúmeras vezes com cada detalhe. E confesso que me emociono sempre que me lembro. Não da história, mas da forma com que ele sempre a contou para mim. A paixão. O brilho nos olhos. O orgulho de ter se tornado pai.

III

A bruma gelada do inverno gaúcho borrava as luzes dos postes que iluminavam parte da fachada do edifício Júpiter. Chegamos em casa pela primeira vez. O exato momento em que a família se multiplica. Na saída eram apenas os dois. Na chegada, e dali para sempre, seríamos nós três, e lá estava eu com minhas sobrancelhas grossas no silêncio de uma noite escura de inverno.

Os bebês chegam sem manual, apenas carregados de instintos e desconfortos. Eu era um bebê calmo. Mas ainda assim era um bebê, e os bebês choram, batem, gemem, sufocam, se afogam, e tudo mais que são capazes de fazer na plena incompetência de exercer os caminhos da vida.

Era o primeiro ensaio do que seria a sensação de fragilidade. Uma fragilidade que surge no exato momento em que se concebe um filho. Um calcanhar de Aquiles sempre vulnerável, sem as garantias dos bem-aventurados. Uma sensação de encanto que transforma tudo e tudo expõe.

Nosso apartamento era pequeno mas muito bem decorado. Minha mãe trabalhava em uma loja de decoração em um dos bairros nobres da cidade e frequentemente trazia revistas com fotos de casas decoradas de pessoas elegantes. Brunches em imensos jardins com seus garçons e suas bandejas de prata. Ela, diferente de meu pai, vinha de uma família abastada que perdera tudo quando meus tataravós abandonaram as fazendas de Pelotas e suas peças de charque. O meu quarto era simples. No teto, um móbile preso à luminária por um tênue fio de nylon sustentava pequenos gatos de pelúcia. Um de cada cor, eram embalados pela corda que, além de levá-los num passeio circular, disparava uma música típica das caixas Tohens. A melodia suave embalava as sombras dos bichos que passeavam em círculos pelo quarto. De duas em duas horas o peito inchado de minha mãe acalmava a minha fome no ritual que se repetia durante a noite inteira.

IV

— Parabéns pra você!!

Inácio me acordou cantando e fez questão de pedir para que saísse da cama com o pé direito e lavasse o rosto três vezes. Dez de julho e eu já completava quatro anos no apartamento térreo de dois quartos do edifício Júpiter. Para a festa, Ângela pediu autorização aos condôminos e encheu a área comum de balões vermelhos e azuis. A mesa, com figuras de isopor do Mighthor, foi colocada no pequeno pátio, sob a marquise lateral da fachada do edifício. Os convidados não eram muitos. Alguns parentes que vinham do litoral especialmente para o aniversário e alguns vizinhos que tinham filhos pequenos e aproveitavam para filar os cachorrinhos e um ou dois goles da Coca--Cola família.

Enquanto meus pais conversavam sentados em cadeiras preguiçosas pelo pátio com copos de cerveja nas mãos, eu brincava eletrizado.

Diferente das meninas, os meninos praticamente não cabem em si e pulam, batem, correm o tempo todo. Uma inquietude fascinante. Naquele dia eu brinquei pelo pátio até parar em frente a uma pequena peça destinada aos botijões do gás escondida atrás do prédio. Sem que os outros percebessem, entrei e fechei a porta. Um esconderijo perfeito. Um espaço mínimo mas suficiente para um garoto da minha estatura. Ao lado dos botijões havia quatro tijolos que serviam de banco. A luz entrava apenas pela fresta inferior da porta e por quatro ranhuras feitas, provavelmente, para atenuar eventuais vazamentos. Aos poucos, minha visão foi adaptando-se à escuridão daquela pequena peça e o universo que havia ali foi se revelando. Uma enorme teia de aranha presa entre um botijão e outro brilhava num acender e apagar pulsante, embalada pela pequena brisa que entrava através das ranhuras da porta e jogava seus fios na direção dos quatro feixes de luz. De repente surgiu no canto oposto e atrás dos botijões um gato que me dirigiu algumas palavras, para o meu completo espanto:

– Qual o seu nome? – falou o gato.

– Jules.

– O senhor mora aqui neste edifício?

Silêncio...

– Então algum parente meu comeu a sua língua?

– Não! É que eu ainda não sei falar direito – respondi com um sorriso espontâneo e forte.

– Mas, então, como está falando?

– Você deve ter razão, considerando que você é um gato e está falando...

– Natural – falou o gato em tom esnobe.

– O que você quer?

– Eu não quero nada, só quero ficar aqui sossegado.

– E eu estou te atrapalhando?

– Por que você não procura outro esconderijo?

– Desculpe, eu não sabia que era o seu esconderijo. E você fica aqui sem fazer nada?

– Eu venho aqui para não fazer nada mesmo. Às vezes dou uma desenhadinha.
– Ha, ha, ha! – gargalhei. – Desenhando nesta escuridão?
– E você não sabia que eu enxergo no escuro?
– Você fala, você enxerga no escuro... – falei debochando.
– Você é petulante mesmo.
– Hein? Eu só quero uma explicação...
– Explicação. Como se tudo tivesse que ter uma explicação.
– Tem sim.
– Pode ser... Veja aquela teia, por exemplo. Ela parece estar dançando suave como se fosse de sua exclusiva vontade exibir-se em movimentos tão harmoniosos. Pois na verdade ela está parada, não exerce uma força sequer, apenas obedece à imposição do vento que dança através dela.
– Viu!? Não falei que tinha explicação?
– Desculpe! Desculpe! Eu havia me esquecido da sua petulância.
– Petulância?
– Eu esperava mais de você. Ainda mais sendo um homem magnífico.
– Que isso? Eu sou só um menino. Homem o quê?
– Então você não sabe?
– Sabe o quê?
– Que você será magnífico?
– O quê?
– Você está predestinado. Sua vida será magnífica. Seu futuro, repleto de experiências esplêndidas e inesquecíveis. Você será único, especial! Especial como ninguém

jamais foi. Todo o universo está observando você e esperando pelo seu desabrochar. Você é o escolhido. Um herói!! Toc, toc, toc!
— Você está aí, Jules? – a voz de Ângela.

Fiquei quieto. Esperei minha mãe sair e abri a porta. Assim que a luz invadiu minhas pupilas dilatadas, tudo ficou agressivo demais e fui obrigado a fechar os olhos. Por alguns instantes, por ironia, a luz me deixou completamente cego. Foi então que retomei parcialmente a visão com o braço protegendo o rosto, virei para o canto onde estava o gato e não consegui enxergá-lo mais. Dali corri para perto dos amigos, convidando-os para verem o gato falante.

— Ele estava bem aqui! – apontei para o canto da peça.
— Onde? – diziam todos sem enxergar nada.
— Bem aqui.
— Eu não estou vendo nada!
— Eu posso jurar que eu vi!
— Vamos brincar de pega-pega? – falou um primo mais velho.
— Vamos!! – e todos se dispersaram, inclusive eu.

Na agitação da festa o tempo passou rápido e logo estávamos apenas nós e uma pilha de louça de quase meio metro de altura sobre a pia da cozinha. Meu pai recolheu os balões e os enfeites que decoravam a festa. Minha mãe lavou os meus pés com uma pequena esponja e, ao som do móbile, colocou-me na cama.

Naquela noite acordei no meio da madrugada e fui para a cama dos dois. No aconchego infinito dos afagos, no silêncio da noite fria do inverno, dormimos um sono profundo cheio de sonhos interligados.

V

O inverno ainda não havia ido embora, mas aquele dia estava radiante. Um dia sem umidade alguma, um frio seco e suave. O céu aberto e o vento resumido a não mais do que uma leve brisa. Eu estava sentado em uma daquelas cadeiras de criança em frente à mesa, ao lado da janela do meu quarto. Em cima da mesa um punhado de papel e uma caixa de lápis de cor. Tudo quieto e imóvel. Durante algum tempo fiquei ali olhando para aquelas folhas em branco com um olhar inexpressivo. Lembro com detalhes daqueles segundos de vazio que precederam a iniciativa mais importante da minha vida. Uma lembrança nítida da imagem da criança sentada imóvel, como que estampada em uma daquelas fotos de polaroide. De súbito, levantei, puxei a cadeira para perto da mesa de madeira e pus-me a desenhar compulsivamente. Riscos soltos e figuras desconexas, e eu debruçado na mesa ao lado da janela do meu quarto, por onde um feixe de luz iluminava meus traços. Entre essas figuras, perspectivas perfeitamente corretas, sem os erros corriqueiros das crianças. Eu sentia em cada centímetro do meu corpo, e com absoluta convicção, como passaria minhas horas a partir dali...

No papel surgiam combinações de cores instigantes e aos poucos se formavam imagens fortes de objetos e rostos. A base em tom verde-escuro trazia uma atmosfera bucólica às figuras impressas pelas minhas mãos firmes. Era como se uma janela se abrisse revelando um futuro cheio de possibilidades magníficas. A gravura estava carregada de significado. Para dar título a ela, pedi a minha mãe que escrevesse "Mãe Natureza" no cabeçalho da folha. E ao pé dela, escrevi com minha precoce alfabetização: "Com amor, Jules". Minha mãe ficou estarrecida diante da maturidade daqueles traços. Estarrecida e emocionada. Seus olhos brilhavam com orgulho e carinho.

– Meu filho, você é um grande artista. Com todo este talento, o seu futuro será brilhante! Está realmente incrível.

Ficamos ali por alguns instantes num abraço forte, enquanto meu pai se aproximava com os olhos torcidos.

– Inacreditável – falou Inácio.

Logo em seguida colamos o desenho na parede da entrada, acima do aparador, em frente à porta, e sentamos no sofá da sala. De lá admiramos por quase uma hora o meu primeiro grande feito. Entre os afagos, acabei por dormir com o rosto embrenhado nas sobras da malha de algodão do moletom que minha mãe vestia.

Na manhã seguinte e nos meses que se seguiram, Ângela passou a monitorar cada desenho que saía das minhas pequenas mãos. A cada nova imagem, uma nova palavra de incentivo e de premonição. Um conjunto de eventos que nos lançavam em uma corrente de otimismo e motivação. Inácio seguia na sua rotina, indo e vindo da praça, às vezes sumindo por algum tempo e retornando para observar os novos desenhos que surgiam sem parar. Vivíamos em uma harmonia que se vê apenas nas famílias mais afinadas, naquelas que não vivem muito acima ou abaixo de suas próprias expectativas. Para nós, a possibilidade de o meu talento ser único era mais do que podíamos esperar daquele ambiente tão simples mas cheio do afeto e cumplicidade refletido no olhar brilhante de minha mãe. Um olhar intenso. Ela era uma mulher forte e com a infinita capacidade de cativar através do mais despretensioso olhar. Um olhar verdadeiro e puro, repleto de satisfação e gratidão. A real noção de viver sem desperdiçar uma mínima gota de vitalidade. Eu captava cada gesto, cada brilho irradiado dos olhos dela, alimentando um sem-número de traços impressos a cada nova folha branca de papel que surgia na minha frente.

VI

Eu já havia completado sete anos quando decidimos subir a serra no Renault Gordini comprado com o dinheiro dos bicos que meu pai fazia. Bicos que, às vezes, davam mais em um dia do que o trabalho do mês inteiro. Inácio trabalhava e ganhava bem, ganhava mais do que a maioria das pessoas que haviam optado por empregos estáveis, tamanha a sua dedicação em buscar dinheiro.

Naquela manhã, o sereno ainda permanecia no ar e na lataria prateada do automóvel estacionado na calçada em frente ao edifício Júpiter. Os primeiros raios de sol despontavam por entre os prédios e aos poucos atingiam o capô refletindo uma luz forte. Na rua não havia ninguém, apenas o silêncio interrompido eventualmente pelo canto dos pássaros ao alvorecer e pela voz de Inácio pedindo para que minha mãe se apressasse.

E saímos no solavanco da primeira marcha mal-engatada pelo piloto inexperiente. No banco de trás, eu observava tudo atento e quieto. O estofamento de courvin preto e o guidão com o aro da buzina prateado. As janelas que revelavam um mundo em movimento ainda inédito para os meus olhos deslumbrados. Paisagens passavam rápidas ao lado e lentas à frente. Corredores intermináveis de hortênsias brancas, rosas e azuis. O motor trazia um ruído infernal, que no encanto daquela primeira viagem mais parecia música aos nossos ouvidos embriagados. A cada curva, na subida da serra, um novo cenário para as imagens que poderia retratar. Lembro que minha mãe olhava assustada para fora do carro, sob o impacto da velocidade inaceitável de um automóvel. Em pouco menos de quatro horas haviam sido percorridos os cento e nove quilômetros que separavam Porto Alegre de São Francisco de Paula.

Na chegada, paisagens naturais, cachoeiras, platôs e um pequeno hotel em estilo enxaimel.

Saí do carro e olhei para a fachada marrom e branca que reforçava o estilo do prédio e reparei que logo acima do telhado, longe no céu, estava a lua quase tão nítida quanto numa noite escura. Uma espécie de colagem de dois momentos incongruentes e que por pura magia estavam juntos naquele instante. Fiquei quieto, mas não consegui esconder o meu entusiasmo. Não me vinha à memória um dia tão cheio de descobertas como aquele. A lua estava viva e seu contorno perfeitamente nítido, apesar dos raios de sol que cruzavam o topo das árvores e chegavam até meu rosto. Ali fiquei por alguns instantes, contemplativo, até ouvir a voz de Ângela, que ecoou no vale:

– Jules! Jules! Jules! – já me esperando no saguão do hotel.

Subindo os degraus da grande escadaria de madeira ao lado da recepção, estava o quarto que meu pai havia reservado. Um quarto grande com uma imensa cama de casal no centro e uma de solteiro no canto. No banheiro, impecavelmente branco, uma banheira de louça em estilo clássico, com a vista para o vale repleto de nuvens baixas, como uma enorme colcha de algodão.

Durante a tarde, fui jogar bola no campo atrás das dependências do hotel. Uma brincadeira despretensiosa proporcionada por um dos filhos do dono, um garoto de dez anos, que adorava futebol e que não se constrangeu em subir para me convidar. Ali ficamos por quase duas horas, driblando e fazendo "gol a gol" ao som de nossas gargalhadas espontâneas. Já estava no final da tarde e o sol começava a se esconder atrás das montanhas deixando apenas alguns raios fortes sobre o vale, quando o pai do garoto pediu que ele entrasse.

Voltei para o hotel e sentei no primeiro degrau da escada que dava acesso à varanda. Ali fiquei observando aquele cenário impressionante. Meu rosto recebia os últimos raios de um sol vermelho que se esvaía nos vãos das montanhas enquanto pensava nas descobertas daquele dia.

– Psiu!
– Tem alguém aí?
– Aqui embaixo!

Logo abaixo da escada estava o gato escorado em uma pedra de basalto.

– Está vendo como é lindo?
– Sim, é muito lindo.
– Isso não é nada. Ainda tem muito pra ver. Eu sempre venho aqui pra ficar admirando esta vista fantástica.
– Bem que eu gostaria...
– Pois então vamos nos encontrar aqui mais vezes!
– Mas você sabe onde eu moro...

– Não tem importância!
– Jules! Jules! Jules! – gritou Ângela.
– É melhor eu entrar. A minha mãe esta me chamando.

E naquela noite experimentamos por horas a banheira de louça branca, até os dedos ficarem murchos.

VII

O sol nasceu e com ele o domingo aflito. O domingo é sempre assim. O dia do Senhor, o final, a véspera do início da semana que traz consigo todas as responsabilidades e compromissos de uma vida apertada. Para o almoço, um café colonial foi servido no restaurante do hotel. Queijos, salgadinhos, frutas, chucrute, carnes, vinhos, café. Uma verdadeira orgia gastronômica como sempre são os cafés coloniais. Depois do banquete, carregamos o Gordini e iniciamos a viagem de volta.

A cada curva a paisagem revelava um cenário ainda mais lindo, corredores de hortênsias intermináveis embriagavam a nossa visão. Inácio estava orgulhoso de seu primeiro carro e eu permanecia hipnotizado pela velocidade em que tudo se passava. A descida era bastante diferente da subida e as curvas surgiam mais rápidas. Imagens que se distorciam levadas pela velocidade incontrolável do automóvel que meu pai tentava conter. Na hipnose da descida e em um desses lapsos de atenção, tudo ficou escuro.

À medida que a imagem voltava, turva, voltava também a frase que se repetia nos lábios de Inácio enquanto o corpo da minha mãe passava pela porta da sala de emergência do hospital:

– A mamãe está morta.
Por mais clara que fossem as palavras, eu não entendia.
– Jules, a mamãe foi pro céu.
No saguão, esperávamos enquanto os médicos realizavam seus procedimentos. O pai perdera o controle do carro e saíra para o acostamento. Ele já havia praticamente dominado o automóvel ao final daquela curva. Mas minha mãe batera com a fronte no console e perdeu a consciência.

Não falei uma palavra, apenas fiquei sentado ao lado do meu pai na sala de espera com olhos fixos na porta por onde ela havia entrado sobre a maca de metal. Um movimento sem volta. Inácio decidiu não falar mais nada. Não era necessário e ele não conseguia. Não podia desabar ali, ao meu lado, tão perto e tão longe.

Os médicos explicaram que havia sido uma grande fatalidade e que apesar das tentativas de reanimá-la ela já estava clinicamente morta desde o momento de sua chegada. Os médicos fazem às vezes dos deuses quando resgatam uma vida. Muitas vezes a vida da mesma pessoa no mesmo estado pode ser resgatada por um médico habilidoso e perdida por outro inexperiente, e vice-versa. A vida subordinada à agenda de um ou de outro. Não havia mais nada a fazer. Inácio não podia ficar parado. Então levantou e correu para dentro da sala, deixando-me ali sentado. Inconsolado, ele não apenas desabou, como se imbuiu de uma raiva extraordinária, invadindo aos berros a unidade de tratamento intensivo até ser contido por seguranças, que o jogaram para fora com violência. Eu não chorei,

apenas permaneci com os olhos fixos na porta por onde ela passara, enquanto meu pai saía de si. Naquele momento ouvi um chamado vindo da porta do prédio...
– Psiu!?
– É você?
– Venha, eu estou te esperando! – falou o gato enquanto se afastava da porta.

E assim que cruzei a porta do hospital em direção ao gato, deparei-me com a paisagem que avistara da escada em frente ao hotel no alto da serra. Um grande vale cheio de nuvens baixas repleto de feixes de luz que surgiam dos vãos das montanhas.
– Aqui é mesmo lindo – falei perplexo
– É lindo.
– Eu gostaria de morar aqui.
– Você está vendo aquela cachoeira?
– Claro, é uma cachoeira imensa.
– Pois atrás de sua cortina d'água existe uma caverna maior que um estádio de futebol.
– Nós vamos pra lá?
– Não. Você pensou em tudo que eu te disse?
– Claro! Eu pensei muito!
– Vamos sentar naquela pedra...

E caminhamos até uma pedra grande ao lado de um pequeno limoeiro cheio de frutos.
– Sente-se. Vamos desenhar.

E o gato puxou de trás da pedra uma caixa de lápis coloridos e duas folhas de desenho. Ali nos debruçamos e nos pusemos a desenhar livremente. Coloquei no papel a imagem que vi assim que cruzei a porta do hospital; o grande vale com seus raios de sol. O gato desenhou a minha imagem debruçado sobre a pedra desenhando. E ali ficamos até que, com as pálpebras pesadas, inclinei-me para fora da pedra.

– Cuidado!

Subitamente, abri os olhos e estava em casa sentado no sofá da sala sob uma coberta vermelha no meio da noite, confuso e sonolento. Ali, em frente ao aparador, fiquei um bom tempo até tomar coragem de caminhar em direção ao quarto dos meus pais. No chão, ao lado da poltrona, perto do sofá, estava o desenho com a imagem do vale. Pé ante pé, fui me aproximando do quarto, larguei a coberta sobre o aparador, ainda vestido com o meu pijama e minhas pantufas. Avistei a porta e parei. Uma lágrima fria escorreu por meu rosto pálido e, antes que ela tocasse o chão, dei os passos que faltavam até o quarto onde dormia meu pai e mais ninguém.

VIII

Os primeiros meses sem Ângela foram os mais difíceis. Acordava, colocava o pé direito para fora da cama, caminhava até o banheiro, abria a torneira e lavava o rosto três vezes consecutivas. As sobrancelhas grossas ficavam encharcadas e, por mais frio que fizesse, repetia todos os dias o mesmo ritual. Porque acreditava na superstição e porque queria agradar meu pai, que estava arrasado. O ano passou lento, e ele estava sozinho com um filho pequeno e sem qualquer tipo de ajuda. Até o tempo parecia estar contra nós. Todos os dias, depois de lavarmos o rosto, tomarmos um café com leite e comermos uma fatia de pão com manteiga, seguíamos para a praça, onde ele passava o dia trabalhando, jogando conversa fora com os vagabundos do bairro e cuidando de mim, que apenas sorria meu sorriso leve e desenhava sem parar. Ele vendendo e eu desenhando sobre uma mesa de concreto construída para o jogo de damas. Eu aproveitava cada segundo daqueles dias vazios para melhorar cada traço. Um desenho depois do outro, e progressivamente melhores em técnica e conteúdo. Sempre com meu sorriso leve e minha disposição que empurrava tudo pra frente. E uma necessidade intrínseca de aproveitar o tempo sem esperar por nada ou ninguém.

Apenas viver a plenitude de cada momento baseado na finitude inevitável que a morte de Ângela desvendou.

À noite, voltávamos pra casa e jantávamos sentados à mesa da cozinha. Ali tudo ficava calmo. Meu pai contava dos tempos em que era jovem e falava às vezes meio sem medida, tentando achar o tom certo de ser pai e mãe. Eu estava mais forte a cada dia e muitas vezes trocava de assunto para poupá-lo. Definitivamente eu não era mais uma criança, apesar da minha idade. Assim, entre as tardes no parque e as noites à mesa, logo se estabeleceu uma nova rotina. Foi neste ano que começou a minha vida escolar em um colégio a poucas quadras de casa, perto da praça onde meu pai trabalhava...

Da porta de vidro que separava o saguão do hall de entrada, meu pai me observava naquele ambiente completamente novo. Uma escola de ensino fundamental e médio. Uma estrutura de dar inveja em qualquer escola privada. Um amplo prédio de dois andares e um pátio maior do que um campo de futebol.

Dez filas se formaram em ordem crescente. Primeiro os mais baixos, depois os mais altos. Eu, pelo menos, não chorei, como muitos naquele dia. Posicionei-me e esperei tranquilo ao lado de um menino de cabelos compridos. O dia estava lindo, ensolarado e seco. No saguão, alguns raios de sol entravam pela porta de onde Inácio me observava.

Trim! Trim!

Meu pai me acenou enquanto eu mantinha o olhar fixo nos olhos dele e acompanhava o movimento da fila em direção à sala de aula.

Na sala, sentei na última classe no fundo e esperei pelas instruções da professora. Ao meu redor um universo totalmente novo. Cada criança com sua personalidade, com sua reação. Os mais extrovertidos gesticulavam e falavam alto num misto de indiferença e exibicionismo, enquanto os tímidos tentavam tornar-se invisíveis aos olhos das crianças e da professora, que se sentava lentamente à sua mesa. Eu não pertencia a nenhum daqueles grupos. Observava tudo como se já tivesse vivido aquilo. Como se estivesse ali revivendo uma rotina tranquila e segura.

– Estou com medo – falou em tom choroso o mesmo garoto que ficara ao meu lado no saguão.

Olhei e continuei sereno esperando que a professora começasse a aula.

– Bom dia! Eu sou a professora Carmem e nós vamos começar a aula de hoje fazendo algumas brincadeiras...

E aos poucos foi transmitindo segurança aos mais inseguros e firmeza aos que precisavam de limite. Carmem era uma espécie de "faz tudo" dentro da escola. Atendia as turmas do primário, coordenava a área disciplinar e ainda vivia bolando atividades extracurriculares, expondo sempre sua generosidade.

Observei cada nuance daquele primeiro encontro. Carmem mantinha-se firme, falava e gesticulava sem hesitação, e os colegas a seguiam carregados pelo receio. De fato, as atividades que ela apresentou naquele *début* pareciam de interesse da grande maioria, mas foi no desenho livre que eu pude me apresentar de verdade.

Após destacar uma folha do meu caderno, abri o estojo e posicionei inúmeros lápis com as mais diversas cores ao lado do papel. Em seguida escolhi o preto e movi a folha para o centro da mesa, estendendo o braço de forma que ficasse suspenso sobre a folha como qualquer um desses predadores de rapina paira no ar. Os traços começaram a surgir rápidos e precisos e a imagem foi se revelando como se revelam as fotografias. Um momento determinado acompanhado pelo menino de cabelos compridos que esticava o pescoço ao meu lado.

– O que você está desenhando? – perguntou o garoto.
– É a minha mãe.
– Onde ela está?
– Está no céu.
– Ela morreu?
– É, ela foi para o céu – com a cabeça baixa dando alguns retoques no desenho que já esboçava a figura de uma linda mulher.
– Qual o seu nome?
– Jules. E o seu?
– Eduardo.

Já estava quase tocando a sirene quando a professora passou recolhendo os desenhos de todos. Ao se aproximar das nossas mesas, repetiu exatamente a mesma expressão torcida que Inácio havia feito naquela tarde distante.

– Você trouxe este desenho de casa?
– Não.

Eduardo acompanhara cada traço que eu havia feito no papel sem perceber que o tempo passava, e o seu próprio desenho acabou ficando de lado.

– E você? Não fez o desenho?
– Eu posso fazer em um minuto.

– Não precisa, hoje é o primeiro dia de aula. Mas que isso não se repita.

Rimos baixinho e logo depois Carmem riu também. Um sorriso que contribuiu para demonstrar a receptividade que nos aguardava ali.

IX

E aos poucos fomos nos adaptando à nossa nova rotina, que incluía os meus estudos, e já incorporávamos com naturalidade a ausência de Ângela. Saíamos cedo, tão logo terminássemos a nossa taça de café com leite e a fatia de pão com manteiga. No caminho, eu carregava minha mochila com os cabelos desgrenhados e os sapatos encerados tentando acompanhar Inácio entre um tropeço e outro. Um trajeto que me traz mais do que simples lembranças. Ali naquelas quadras, naqueles cenários sobre os cordões das calçadas e sob as sombras das acácias, estabeleci o vínculo afetivo que me pertence até hoje e que aflora involuntariamente reestabelecendo minha identidade sempre que preciso de paz. A mesma paz que foi, aos poucos, ressurgindo nas feições de meu pai durante aquele período. Nas idas e vindas para a escola e a praça. No calor das mãos entrelaçadas durante aqueles passeios. Nas noites que passávamos contando histórias e brincando as brincadeiras que ele nunca tivera a chance de brincar com o seu pai. Uma reconexão que o motivava a seguir em frente cada vez mais forte, mais determinado. E foi naqueles dias que a frustração e a culpa foram dando espaço para o Inácio da minha primeira infância. O pai divertido que havia me ensinado a acordar com o pé direito e que havia se perdido naquele trágico acidente no alto da serra começava a se mostrar novamente. A transformação que tanto precisávamos estava começando a acontecer a partir da nova rotina que se estabelecia e trazia consigo um norte. Uma mínima luz muito distante, mas que dava a pista de que precisávamos. Como uma trilha em uma floresta cheia de paisagens iguais, daquelas que todos andam em círculos. Uma bússola para uma vida sem o vazio constante daqueles longos meses que se passaram sem Ângela.

X

Eu não era mais uma criança, já era um adolescente quando parei em frente a um grande muro no caminho para a escola. Uma parada forçada pelo impacto da imagem impressa no reboco. Uma obra de arte estampada bem ali na minha frente como nunca antes havia visto. Tamanha força me deixou estarrecido e imóvel. A figura de um rosto grande e preto sobre uma base vermelha. Palavras soltas, ódio, penitência, amor. Elementos jogados de forma calculada ao redor da face exposta naquele muro alto. Um painel feito por algum artista desconhecido da cidade em homenagem a qualquer coisa ou alguém.

A força daquela imagem foi reveladora para mim. Naquele mesmo dia, corri para a escola e comecei um novo desenho. Primeiro os traços de sempre nos limites do papel, depois, à medida que a gravura ia tomando consistência, transcendi o papel compondo com a mesa verde-clara outra base para os meus traços, que não cabiam mais no convencional. Ao final da aula chamei a professora.

– Professora! – levantando a mão com um olhar orgulhoso.

– O senhor pode passar já para a sala do SOE!

Não entendi nada, eu estava numa espécie de transe causado pelo fascínio que aquele painel havia exercido sobre mim. Só no caminho para a sala do SOE é que percebi que estava encrencado.

– Sente-se aí – falou a orientadora do SOE e saiu da sala.

Sentei em uma cadeira no canto da pequena peça e ali fiquei por alguns instantes esperando alguém surgir e aplicar o castigo daquele deslize sobre a mesa.

– Psiu! Aqui!
– Gato?
– É, sou eu!
– Qual é a tua? Tá querendo roubar a cena? Quem tem fama de vândalo aqui sou eu!
– Tá de brincadeira?
– Então agora deu pra depredar a escola?
– Você some e aparece pra dar sermão?
– Jules?! – era a voz da orientadora, que entrava na sala.
– Você viu as imagens que estão naquele muro? – falei para o gato, sem dar ouvidos à orientadora.
– Vi, mas não precisa depredar a escola...
– Dá pra dar um tempo!?
– Jules? – repetiu com firmeza a orientadora, sem entender o que se passava.
– Sim – respondi resignado para a orientadora.
– A Carmem me contou sobre a sua obra de arte...
– Eu me empolguei, mas eu prometo que não vai mais acontecer.
– Ela me disse também que foi uma das gravuras mais interessantes que ela já viu – fazendo brilhar os meus olhos.

– Verdade?

– Mas não dá pra ficar usando a sala como tela. Você já pensou no artista do ano que vem?

– Como assim?

– No ano que vem aparece outro artista como você e resolve pintar tudo também. Daqui a alguns anos estará tudo preto!

– Interessante – falei com um sorriso leve no rosto.

– Jules!!

Fiquei ainda mais compulsivo depois daquele episódio revelador. Riscos soltos, figuras desconexas num exercício constante debruçado na mesa ao lado da janela de meu quarto. As horas voavam quando estava sobre meus desenhos, e foi assim que o tempo passou. Com a ajuda de Eduardo e a empatia de Carmem, nem mesmo percebi a velocidade de tudo e que já estava prestes a ingressar no segundo grau. Nessa época, em uma manhã de maio, surgiu a primeira oportunidade de dar um real sentido à minha vocação.

No mural de entrada da escola estava fixado um pequeno cartaz:

"Teste para vaga em ateliê de artes".

Caminhei até o mural e fiquei parado em frente ao pequeno cartaz com os olhos fixos.

– O que foi, Jules? – falou Carmem, que passava pelo saguão.

– Esse teste...

– A Caetana realiza todos os anos. Você não conhece a Caetana?

– Não.
– Ela faz o exame aqui na escola. O seu ateliê é um encanto e tenho certeza que ela vai adorar os teus desenhos. É uma pessoa bem legal, você devia se inscrever.
Trim!! Trim!

Naquele dia senti a brisa fria que invadia as tardes mornas do início da primavera como se viesse do passado. O inverno aos poucos se distanciava e, na brisa leve, ainda deixava seu último suspiro. Ali na saída, iniciando meu retorno para casa, parei e virei na direção do parque onde dera meus primeiros passos à sombra de um grande plátano, no rastro de um cachorro brincalhão. Havia muitas lembranças. Algumas vividas, mesmo que, às vezes, contadas por alguém. Outras ainda apenas remanências de algum sonho disfarçado de recordação: a lembrança de Ângela ao fundo do pequeno corredor de buganvílias, das crianças que rondavam a carrocinha de meu pai, do primeiro dia, quando cheguei para iniciar minha trajetória escolar na escola ao lado da praça. Dos raios de sol entre os galhos das árvores nos finais das tardes de verão. Olhei por mais alguns segundos aquele gramado vazio e os cenários testemunhas de tudo e caminhei para encontrar meu pai.

XI

Ao me olhar no espelho antes de enxaguar o rosto pela terceira vez, não enxergava mais o menino que costumava encontrar ali. O tempo havia transformado meus traços e até minhas reações. A maturidade precoce, a estatura e a intensidade da adolescência. Os traços do rosto que se alongavam, o fervor que vinha chegando como uma avalanche. Tudo estava diferente naquele espelho com bordas de plástico azul-claro e com falhas pretas de umidade. Lentamente, levei a mão até o reflexo como se estivesse procurando ali uma imagem inédita. Eu estava consciente de que algo havia mudado. Tinha uma sensação de impotência que se atenuava nos momentos em que passava debruçado em cima das minhas gravuras. Uma forma de imortalizar alguma coisa, de gravar um pedaço do efêmero tempo que se esvaía arbitrário levando tudo com ele.

Em frente à escola, parei e novamente virei na direção do parque ao lado de Inácio, que fizera questão de me acompanhar naquele primeiro desafio. E então percorremos o caminho repleto de flores de ipê-roxo sobre as pedras da calçada, que cobriam toda a extensão da escola. Chegando à escola, Inácio sentou-se em um banco preto posicionado no centro do saguão, enquanto eu me apresentava a uma senhora de cabelos pintados de loiro.

– O meu nome é Jules.
– Bom dia, Jules. Eu sou a Caetana. Seja bem-vindo. Você se inscreveu?
– Sim, eu me inscrevi.
– Então pode passar.

O relógio pendurado acima do quadro-negro soava alto na imensa sala reservada ao teste. O som seco do movimento do ponteiro a cada segundo aumentava a pressão de realizar tudo certo. Uma peça com um pé-direito de quase cinco metros de altura e com retratos nas paredes dos diretores que passaram pela escola. Um clima de silêncio e disciplina. Meu pai sabia que eu impressionaria Caetana, mas a princípio ela não viu em mim nada de especial. Afinal de contas, eu era um menino como qualquer outro. O teste começou com uma prova básica de história da arte, a qual demorei para responder, sem tentar esconder minha aparente dificuldade. Caetana saiu da sala já decepcionada com o que assistira durante o teste. Eu não era o único que apresentava dificuldade, os outros praticamente não tocavam na prova.

O relógio pendurado em cima do grande quadro-negro já marcava quase o final do tempo.

– Jules, eu não falei?

Ali, bem na minha frente, estava o gato.

– Por onde você andava?
– Isso não interessa. Não falei?
– Falou o quê?
– Que você seria magnífico!

– Sim, muito magnífico, estou aqui na iminência do fracasso e você me diz isso!
– Claro! Você ainda não desenhou.
– Mas ela não pediu para que eu desenhasse.
– E isso tem alguma importância? O que você mais gosta de fazer e faz melhor?
– Desenhar!
– Pois então desenhe!!

Baixei a cabeça e comecei a desenhar no verso da prova. Um desenho espontâneo que saiu com a facilidade da mais genuína inspiração. Traços soltos que fluíam sobre o papel enquanto os outros desistiam saindo silenciosamente com o passar do tempo, que eu mal percebia. Quando desenhava, tudo ao meu redor se transformava. Os objetos, as pessoas, tudo entrava em uma nova dimensão criada pelo fascínio do meu transe.

Assim que acabei a gravura, voltei o olhar para frente, para o exato lugar onde o gato estava, e me deparei com Caetana que me observava incrédula.

– Então, resolveu escolher o que fazer durante a prova?

Fiquei quieto enquanto ela me observava com a mesma expressão que meu pai fizera naquela tarde distante. A peça de quase cinco metros de pé-direito ficou pequena. Nos olhos de Caetana, a cada traço que eu dava surgiam as feições que desfilavam sempre nos olhos de quem admirasse os meus desenhos. Para mim, a força impressa no verso daquela prova chegava traduzida no reflexo dos olhos de Caetana, que se aproximou, pegou-me pela mão e me conduziu ao encontro meu pai, no saguão.

Carmem estava lá, discutindo com Inácio. Não dava pra perceber qual era a razão daquele desentendimento. Um flagrante inesperado de duas pessoas que quase não se falavam. Eu estava apreensivo e fiquei ainda mais confuso. Assim nós dois nos aproximamos, a discussão cessou e veio logo a pergunta:

– E então? – falou Inácio, levantando de pronto.

– O seu filho é magnífico!

XII

Telhados sobrepostos, mansardas e uma porta imensa com o batedor em aço escovado. Um prédio grande de arquitetura refinada. A tarde estava clara e aquela casa combinava exatamente com as minhas expectativas enquanto caminhava sob a sombra de algumas acácias em direção à porta, até que pudesse tocar o batedor.
Toc, toc, toc!
Três batidas bem compassadas e dava pra ouvir a reverberação que traduzia o tamanho imenso do interior da casa na Rua Maryland.
– Sim? – na voz de uma senhora.
– Eu gostaria de ver a sra. Caetana.
– Você deve ser o Jules.
– Sou eu.
– Ela está te esperando.
A cada passo que dava dentro da imensa casa, percebia que era ali que gostaria de passar todas as minhas tardes. O ateliê ficava nos fundos, depois do pátio. Uma construção nitidamente feita algum tempo depois da casa principal. Um anexo todo envidraçado com vista para o verde do pátio.

– Olha quem está aqui! – disse a senhora me introduzindo.

Caetana estava debruçada sobre um monte de ferro, trabalhando em cima de um objeto estranho. Com uma mão ela segurava o corpo do objeto e com a outra tentava vergar uma das pontas.

– Pode me ajudar aqui?

– Claro! – falei, sem hesitar.

– Segure firme que eu vou entortar.

Era um objeto de arte, ferros embrenhados com uma forma meio humana, meio estrela. Aproximei-me enquanto Caetana se esforçava para não perder o domínio de sua própria força.

– Me ajude a puxar...

Agarrei com as duas mãos a barra de metal e tentei com determinação vergar a haste.

– Vamos!

De repente, caí sentado com um pedaço de latão na mão. Caetana permaneceu onde estava, debruçada sobre o objeto.

– Desculpe! Eu não pensei que fosse se quebrar.

Por alguns instantes ficamos em silêncio enquanto ela observava concentrada o objeto.

– Com certeza vai ficar melhor assim.

E dali em diante não arrancamos mais nenhum pedaço que não fosse planejado. Horas a fio em cima do objeto. Ao final do dia estávamos exaustos e a peça ainda inacabada. A luz entrava pelo janelão de vidro que dava para o jardim repleto de flores e árvores. Uma paisagem parecida com a do final de semana nos altos da serra. Não se via o vale, mas o verde estava em todas as direções e, à medida que o sol ia caindo, o tom avermelhado invadia as paredes do ateliê.

Já estava tarde quando decidi tomar o rumo de casa.

– Jules! Jules! Jules!

A voz de Ângela ecoava no vale e eu não encontrava seu rosto. Não dava para perceber ao certo se o incômodo era permanente ou passageiro, mas dava para sentir que ela estava muito perto e muito longe. Era uma sensação desesperadora, como a de quando, por infelicidade do destino, ouvimos um chamado de socorro em um pequeno rio.

– Jules! Jules! Jules!

O eco e suas dissimulações. A percepção de algo que já se foi e que, ao mesmo tempo, ainda está presente e vivo numa dimensão quase palpável.

Acordei de sobressalto e bastante suado, coloquei o pé direito para fora da cama e fui ao banheiro. A manhã estava nublada e, assim que a pouca luz atingiu o meu rosto sonolento, após cruzar o mosaico de vidro do basculante do banheiro, já não se viam mais nele as feições daquele pesadelo.

XIII

A chuva caía fina como um spray. No cordão da calçada se formava um pequeno fio d'água que levava folhas caídas ao longo de seu curso. Abri o guarda-chuva e me lancei numa caminhada precisa.

A cada passo que dava, desviando das poças pelo chão, mais tinha convicção de que era mesmo no ateliê que encontraria a confirmação do meu destino. A chuva permanecia constante e fina. Meus sapatos estavam ensopados e mal podia esperar para reencontrar Caetana e todo o universo de possibilidades que existia lá.

A manhã na escola passou lenta e eu contando os segundos para poder retornar à Rua Maryland. Ao lado de Eduardo, nem mesmo anotava o conteúdo das matérias, apenas observava o movimento da caneta do colega que, numa espécie de pêndulo hipnótico, me tirava o foco e me levava para uma dimensão meio sonâmbula. Fiquei naquele estado até que a aula terminasse, impaciente para voltar ao ateliê que me aguardava a poucas quadras dali.

Toc, toc, toc!

Assim que atravessei o pátio da casa de Caetana naquela tarde, notei a presença de mais alguém. Havia mais três jovens na sala. Dois rapazes e uma menina. Eles eram rapazes comuns. Ela, não. Ela tinha charme. Cabelos castanhos e encaracolados, sandálias baixas, um vestido leve e movimentos hipnóticos.

– Jules, este é o Kako, este o Tiago é esta a Maria Cândida. Hoje nós vamos trabalhar com tinta a óleo e as telas já estão nos cavaletes. Quero ver o trabalho de vocês.

Era a primeira vez que me aproximava de materiais como aqueles. Subitamente me ocorreu a lembrança daquela manhã em que avistei a gravura impressa no muro. Um fascínio instantâneo. Em frente à tela vazia e branca apoiada no cavalete de mogno, fiquei imóvel e nitidamente impactado.

– Peguem a paleta de cores e pintem, as latas de base estão no chão e qualquer coisa é só me chamar – disse Caetana com a voz firme.

Uma ordem simples. Uma tela e uma paleta cheia de tinta. Latas e latas de todas as cores espalhadas pelo chão. Naquele momento tudo pareceu fazer sentido, e voei para dentro da tela colocando ali o que tinha de mais profundo. Tamanha era a minha abstração que até a presença de Cândida havia se tornado irrelevante. A tristeza provocada pela perda da minha mãe, a solidão de Inácio, as folhas secas carregadas pelos fios d'água nos cordões das calçadas e, mais profundamente, não a tristeza, e sim a alegria de jogar tudo para fora e livrar-me do mal, amém. Aos poucos, Kako, Tiago e Cândida foram largando suas telas para acompanharem os meus traços e minhas linhas cheias de norte. Como se eu estivesse pintando sobre o papel-manteiga ou psicografando as imagens que surgiam como um soco nos olhos deles.

Ninguém queria fazer nada até que a minha pintura fosse terminada. Meus movimentos eram quase uma dança que parava bruscamente em lapsos de reflexão sobre os traços. Parava e continuava com um balançar sutil do rosto.

O fundo da pintura era todo preto e um rosto vermelho saltava aos olhos com a boca aberta num grito que transcendia os limites da tela e ensurdecia os ouvidos de quem estivesse na sala, tamanha a sua força e a expressão da figura. Uma imagem inspirada no painel que invadira a minha visão naquela outra manhã, a caminho da escola.

Caetana ficou ali, incrédula, enquanto eu puxava as mangas para baixo numa espécie de cacoete. Aos poucos, todos foram se dispersando e tudo foi lentamente voltando ao seu ritmo ao som dos comentários surpresos.

– Está bom? – perguntei despretensiosamente para Caetana.

E ela apenas me encarou, sem precisar dizer mais nada.

XIV

O fundo era azul-turquesa e alguns riscos retilíneos cortavam a tela de um canto ao outro num tom terra. Na parte superior esquerda, uma nuvem contornada com algumas palavras escritas em letra de forma, uma imagem que parecia desvendar algo esquecido. Como alguém que chega a uma roda onde assuntos supérfluos e indelicados predominam e recita algum poema de Mario Quintana para que sirva de antídoto. O antídoto contra tudo que está adormecido. Ali surgia uma imagem cheia de significados. Em cada novo traço, mais eu me entregava e novamente chamava a atenção de todos naquele processo de revelação.

Naquele dia o ateliê estava repleto de clientes, alunos e amigos que passavam apenas para bater papo. Caetana me acompanhava de longe, e, quanto mais eu pintava, mais ela se orgulhava de cada novo movimento.

Naquela tarde, Maria Cândida também estava lá e, como os outros, não escondia a hipnose diante das imagens fortes que surgiam das minhas mãos e do meu olhar cheio de foco. Ela estava hipnotizada pela beleza e profundidade do que surgia na tela, mas, como sugada por uma força gravitacional, desviou os olhos na direção do meu rosto, que permanecia concentrado como quem olha para o futuro. Um olhar de tradução. Eu estava ali traduzindo algo que não cabia dentro de mim e não precisava olhar pra ela para saber que estava me observando. Parei e dei dois passos para trás puxando as mangas da camisa para baixo. Dali, conseguia observar melhor o resultado do que imprimia naquela tela. Foi então que resolvi olhar pra ela. Foi rápido. Um gesto de menos de um segundo. O exato momento em que os olhares se cruzam sem nenhum tipo de disfarce. Retomei a pintura me movendo para frente e me abaixando para pegar mais uma lata de tinta, enquanto ela permaneceu exatamente onde estava. Eu já havia observado seus detalhes no dia em que a conheci, naquele mesmo ateliê. Deixei passar apenas a beleza sutil que ela carregava. Uma menina comum e ao mesmo tempo única. Com um olhar que escondia uma imensidão de enigmas instigantes. Um livro grande de letras miúdas. Era assim que ela olhava pra mim naquele momento especial. Como se tivesse muito dentro de si e naquele exato momento expusesse tudo, a comunhão de um grande segredo através de seus grandes olhos castanhos.

– Psiu!

– É você? – respondi enquanto voltava para casa depois daquela tarde no ateliê.

– Claro! Você conhece outro gato falante?!

– Onde está você?

– Aqui, atrás da árvore!

– Vê se não desaparece.

– Fique tranquilo, eu vim só pra lhe dizer mais uma vez que eu estava certo.

– Certo?

– Você não viu o que aconteceu no ateliê? Você é magnífico. Você viu os olhos deles. Eles ficaram hipnotizados. Você é exatamente o que eu disse que você seria. Um homem magnífico. E a menina? Você viu a menina? Ela está completamente derretida por você!! Meu Deus!! Eu disse!!

– Lembro como se fosse hoje da minha mãe dizendo que eu seria um verdadeiro artista.

– Lá vem ele com esse papo de mamãezinha... Estou certo ou não estou?

– Está sim.

– Pois bem.

E sumiu entre as árvores do caminho de volta para casa, onde Inácio me esperava com o jantar na mesa.

XV

Naquela manhã levantamos como nos velhos tempos, pisamos com o pé direito, lavamos o rosto três vezes, tomamos café e saímos em direção à praça e à escola. O caminho estava calmo e tudo parecia estar melhor. Nos olhos de meu pai não se via mais a indiferença que lhe ameaçava. Nos meus estava o mesmo sorriso leve e espontâneo de sempre acrescido da força que adquirira durante as tardes no ateliê. Um momento de plenitude. Aquela ida para a escola dizia mais do que as outras. Estávamos bem depois de anos vivendo no vazio da ausência da minha mãe. A cada passo que dávamos nas calçadas úmidas, deixávamos uma espécie de marco. Inácio empurrava sua carrocinha com vontade e eu, ao seu lado, olhava para suas passadas e tentava sincronizá-las com as minhas, lembrando do tempo em que isto era impossível. Do tempo em que enquanto meu pai dava um passo eu corria para dar dois, tropeçando em minhas próprias pernas. Um momento mágico como vinham sendo os momentos na minha vida. As tardes no ateliê, as aparições do gato falante, a incrível habilidade de tocar as pessoas e hipnotizá-las com as minhas imagens. Assim que chegamos à praça, avistei Eduardo em frente à porta de vidro com alguns colegas. Todos ali já estavam sabendo dos meus feitos no ateliê. Caetana tinha uma relação estreita com a professora Carmem e de tempos em tempos as duas conversavam sobre tudo que envolvesse a relação dos alunos com o ateliê.

– Fala, meu! Então você é o novo Dalí!
– Não exagera!
– Ouvi dizer que a escola vai te chamar pra fazer um painel.
– Painel? Verdade?
– É! Lembra daquela pintura que você viu no muro perto da escola? Pois vai ser assim, só que do lado de dentro. Que momento, hein?
– Quem te falou isso?
– Foi a Carmem.

Fiquei surpreso e, antes mesmo que tocasse para o início do primeiro período, corri para a sala da professora Carmem para confirmar o que o Eduardo havia me dito. Tratava-se de um projeto da própria Carmem com o objetivo de valorizar os talentos da escola. Eles abririam um espaço no meio do saguão principal para que eu fizesse minha pintura. Não seria para aquele ano, seria para o início do ano seguinte, o que, de fato, daria mais tempo para que eu me preparasse. Nunca antes haviam dado essa oportunidade para nenhum outro aluno daquela escola nos cinquenta anos de sua história.

Sem considerar a sineta que batia, corri para fora da escola para contar ao meu pai. Corri por aquela praça como nunca, deixando que o vento levasse os meus cabelos desgrenhados. Corri e não encontrei meu pai. Procurei por todos os lados sem sinal de Inácio. Voltei para a sala e lá não conseguia pensar em nada além das formas que aplicaria no painel do saguão e em como aquilo seria eterno. As crianças e adolescentes que passassem por ali nas próximas décadas veriam o meu feito. Algo que eu precisava contar para Inácio. Durante os períodos, fiz vários esboços e, na hora da saída, corri novamente para a praça para então, finalmente, dividir aquela emoção com o meu pai.

XVI

As tardes no ateliê começaram a se padronizar com o meu crescente domínio. Tudo ia de vento em popa, e com a notícia do painel não havia tempo para mais nada. Caetana ficava a cada dia mais fascinada com a minha dedicação, e durante aquele ano trabalhamos na imagem que seria fixada no saguão da escola. Esboços aplicados no muro ao fundo do pátio do ateliê.

Cada vez mais os temas se fortaleciam criando um estilo que ia me definindo. Meus traços já começavam a exibir a maturidade precoce da minha personalidade, e em cada pincelada havia sempre algo cada vez mais parecido com quem as observasse. A mágica de poder-se enxergar na tela um pequeno retrato de cada qual que a admirasse. A revelação dos segredos mais íntimos de cada um surgia na luz da minha pintura sincera.

No final daquele verão, pouco antes do retorno às aulas, Caetana me ofereceu um brunch no pátio, entre o ateliê e a casa, e convidou artistas e alguns amigos de sua convivência. A atmosfera de sua casa era sempre assim, ela fazia questão de conviver com as pessoas do seu meio, todos ligados de alguma forma à arte.

O dia estava radiante e sobre o gramado foi armada uma grande mesa branca. Já bem depois da hora marcada e da chegada de todos, a campainha tocou.

— O seu Paulo está aí.

Paulo Fontes era marchand e quase nunca aceitava os convites de Caetana. Naquela tarde, ele apareceu... Vestindo uma camisa leve e um chapéu-panamá, Paulo entrou arrogante pelo pátio enquanto eu e alguns colegas conversávamos perto da porta do ateliê. Caetana ficou surpresa e, assim que o viu entrando, percebeu a sua perplexidade. Ele estava de frente para o fundo do pátio, diante da figura que eu havia deixado lá. Ela sabia que bastaria uma pequena oportunidade para que ele ficasse hipnotizado como todos que haviam admirado as minhas magníficas cores.

— O que foi, Paulo? Aconteceu alguma coisa? — falou Caetana como se não tivesse percebido nada.

Paulo retomou sua expressão esnobe e perguntou:

— De quem é essa pintura?

— Do garoto que está ali perto da porta. Vamos lá que eu te apresento.

E caminharam na minha direção, ao som das palavras soltas de todos os convidados.

— Jules, este aqui é o Paulo Fontes.

Caetana preferiu não explicar o que ele fazia e ele preferia que ela não o apresentasse como tal. Sua profissão lhe forçava a ser assim. Evitar expectativas sobre um universo tão subjetivo, efêmero e impalpável como o da arte, era para ele uma obrigação. Ele sabia que havia encontrado algo ali. Já fazia muito tempo que andava entediado com

a mediocridade do que lhe apresentavam e agora parecia estar diante do que procurava. A conversa se desenrolou naturalmente. Paulo não fez questão de agradar ninguém. Ele estava fascinado, mas não demonstrava.
— Você que fez aquela pintura? — olhando nos meus olhos.
— Sim, foi sim — com o sorriso leve e os olhos nos canapés que estavam em cima da mesa.
— Não entendi — falou seco para ver a minha reação.
— Não entendeu o quê?
— A pintura.
— Basta que eu entenda, eu fiz para mim, não para você — com o mesmo sorriso de sempre estampado no rosto.

A minha resposta fez com que os colegas soltassem algumas gargalhadas mudas, enquanto Paulo permanecia com seu jeito pernóstico e com um sorriso de desprezo.

O silêncio se instalou ali por alguns segundos, até Caetana quebrar o gelo:
— Encontrou alguém a sua altura, hein?
— Arrogância... — debochou Paulo.

Alguns sorrisos surgiram tímidos, sem desfazer por completo a sensação de desconforto.
— Arrogância?... Só estou dizendo que não há nada para entender. A arte não é para ser entendida, é para ser admirada.

Não eram mais apenas os meus traços que chamavam a atenção de Paulo. Minhas palavras soaram quase mais preciosas que a minha pintura na sabatina a que ele me impunha. Caetana tinha a noção exata do que se passava ali, pois nos lábios de Paulo estava o sorriso que ela esperava.

– Vou falar com a Caetana para marcarmos um encontro.

– Será uma honra – falei ajustando as arestas.

XVII

Um novo ano letivo se iniciou naquela manhã ensolarada de março. O calor ainda assolava as ruas salvas pelas sombras dos ipês, e eu repeti o mesmo ritual de sempre ao lado de meu pai, antes que ele saísse em direção ao parque.

O segundo ano era ainda mais formal que o primeiro, e Eduardo já começava a sentir-se preocupado com o seu futuro. Naquela manhã falamos menos que em qualquer outro reinício, apesar da empatia que ainda permanecia forte. A professora Carmem estava animada com a volta às aulas e com a realização do meu painel. A minha reputação aumentava a cada dia com o empenho de Caetana em me transformar no artista que ela não foi.

Depois da aula, caminhei até o ateliê para reencontrar os colegas que tinham saído de férias e não frequentaram os meses de janeiro e fevereiro. A porta da frente estava entreaberta, e a senhora que sempre me recebia não estava no caminho. A sombra das acácias oscilava a luminosidade que entrava no ateliê e refrescava o verão nos seus últimos dias. Caminhei cuidadosamente pelo interior da casa chamando por Caetana sem muito esforço, apenas valendo-me do som reverberado na grande sala. Chamava, mas assim que percebi a presença de Maria Cândida sentada em uma pequena mesa perto da janela do ateliê, parei. Parei e fiquei ali exatamente no lugar onde estava quando avistei pela primeira vez os cabelos encaracolados dela. Eu não havia deixado que ela percebesse minha reciprocidade no dia em que se expôs, no fascínio daquela tela. Uma tela que havia me apresentado a todos como o magnífico Jules e a ela como alguém que estava além dos fascínios da arte. Parado, fiquei por um bom tempo observando os cabelos, a pele e o perfil de Maria Cândida. Uma sensação de hipnose. A ilusão de que até seu cheiro era perceptível dali, como se todos os canais estivessem abertos para absorver o que fosse dela. Ali eu ficaria para sempre não fossem os olhos de Maria Cândida que, do fundo da peça, flagraram os meus.

– Jules!

Naquele momento entendi o que as minhas pinturas causavam nas pessoas. Causavam exatamente o fascínio que acabara de experimentar ao admirá-la. A motivação de deixar-se levar até as últimas consequências. A entrega total. Uma espécie de morte. Como quando nos jogamos em uma nova experiência que traduz tudo de mais escondido. As nossas mais profundas perturbações e desejos condensados em um momento de admiração.

Aproximei-me sem dizer nada, apenas com meu sorriso leve e meus passos firmes.

– Jules, olhe quem voltou! – falou Caetana do fundo do ateliê.

– Seja bem-vinda, Maria Cândida – fingindo não dar muita atenção.

E entrei dirigindo-me à tela em que vinha trabalhando. Uma tela diferente, cheia de tons crus e imagens distorcidas. Maria Cândida olhou, calada, com os mesmos olhos explícitos do dia em que se mostrou para mim.

Aos poucos a rotina do ateliê se restabeleceu e o assunto do meu painel tomou conta daquela tarde.

– Você já falou com a Carmem? – perguntou Caetana.

– Falei e ela me pediu para iniciar o painel na semana do feriado de Páscoa. O que você acha?

– Acho ótimo!

XVIII

E foi como uma grande festa a semana de Páscoa. Maria Cândida deixou de viajar em um passeio de sua escola para participar da realização do painel. Eduardo também ficou. Caetana, Maria Cândida, Eduardo e às vezes Inácio, que de tempos em tempos voltava para a praça ou desaparecia a tarde inteira. Para a realização do painel, Inácio ajudou doando dinheiro para as tintas. Quase metade do valor total adquirido com os recursos do círculo de pais e mestres. Todos me ajudando a realizar meus traços precisos e dar asas a minha criatividade, que transcendia qualquer limite. Carmem deixara a chave da escola sob os cuidados de Caetana, e todos os dias daquele pequeno feriado, às oito da manhã, o encontro dava-se em frente à porta de vidro que separava o saguão da rua, e aos poucos se revelava parte do que ficaria impresso naquele grande quadro de concreto. Eu respirava tinta, pensava colorido, cheirava as formas e escutava apenas o som das pinceladas que passeavam sustentadas pela minha inspiração. Logo estávamos no penúltimo dia e foi neste que resolvi não parar até que terminasse de fato.

Já passava das oito quando Caetana sugeriu que começassem a recolher as latas e os panos de aparo sem que

eu lhe desse ouvidos. Eu só escutava as pinceladas e as vozes que vinham de dentro de minha cabeça obstinada.
– Vamos!
– Não! Vamos ficar mais um pouco.
– Já passa das oito!
– Pois então! Ainda é cedo!
Eduardo não deu bola e despediu-se apenas com um abano mudo, convicto de que nem adiantaria tentar me persuadir.
Maria Cândida não falou nada, apenas acomodou-se no banco que ficava no centro do saguão, enquanto Caetana dirigia-se até a cozinha para preparar mais uma térmica de café.
Eu estava completamente absorto. Maria Cândida deitou-se no banco e Caetana sentou no pé da escadaria que dava acesso às salas do segundo andar com a xícara de café sob os dedos entrelaçados me observando com um olhar emocionado. O tempo ali não existia, nem noite nem dia. Apenas a sensação de estar completamente envolvido por algo maior. Além da percepção lógica, maior que a necessidade. Naquela altura eu não sentia fome, não sentia medo, não sentia frio, não sentia nada além da plenitude daquele momento. Maria Cândida olhava e percebia que diante de tal envolvimento não lhe restava muito espaço. Ela não olhava para o painel, olhava para mim, para os meus olhos brilhantes e meus movimentos que estavam à flor da pele. No ritmo dos sons, reposicionando a escada e imprimindo as pinceladas cheias de tinta, a luz foi alterando-se assim como os ruídos daquela madrugada de abril.

A escuridão da noite logo deu espaço para o lusco--fusco ao som dos primeiros pássaros. O painel estava concluído. Concluí e sentei em frente a ele calmo e certo de que estava realmente pronto. Algo como uma mensagem que precisa ser enviada. O ponto exato em que o artista desiste de alterar a sua obra. Uma pincelada a mais, uma palavra, um esguicho de tinta que não será impresso para não desequilibrar o que está perfeitamente equilibrado. Caetana estava ali no mesmo degrau de algumas horas atrás, sentada com a térmica na mão, o pescoço caído para o lado e a boca entreaberta respirando eventualmente.

– Nossa! Que nojo! – falou o gato com as pernas cruzadas ao pé do painel.

– Que susto! Nojo de quê?

– Dessa veia babona!

– Eu já estava me esquecendo de você.

– Não mente. Você vive me procurando pelos cantos.

– Não sei por que eu tenho a impressão de que você tem todas as respostas de que eu preciso.

– Você não precisa de respostas. Precisa de perguntas. São as perguntas que vão te levar a algum lugar. As respostas todos já sabem. Você precisa aprender a fazer as perguntas certas. Elas vão desencadear as respostas que estão dentro de você.

Os olhos de Maria Cândida abriram-se aos poucos sem que ela trocasse de posição. O painel estava ali bem na sua frente. Ela despertou calmamente e, com a mão apoiada na lateral do banco, foi erguendo-se sem desviar os olhos da obra de arte de doze metros quadrados. Assim que se ergueu, levantou e caminhou em direção a ele com suas sandálias baixas e seus cabelos encaracolados. Ali ficou a poucos metros de distância da grande pintura. De pé. Hipnotizada.

Caetana, ouvindo os passos de Maria Cândida, levantou e repetiu o mesmo ritual, aproximando-se do painel e parando ao lado dela sem dizer uma palavra. O tempo foi passando e aos poucos o mesmo acontecia com as pessoas que passavam na rua e de lá observavam pela porta de vidro do saguão. Logo já estavam mais de uma dezena de pessoas paradas em frente à porta absolutamente hipnotizadas.

Uma árvore invertida com as raízes ao topo, olhos, letras e cores que compunham uma imagem magnífica. Um impacto estético que desafiava a compreensão. Algo inacreditável, não fosse a prova fixada naqueles doze metros quadrados. Levantei e andei entre as duas como se estivessem sonâmbulas, caminhei e parei em frente à porta de vidro de onde aquelas pessoas estranhas observavam o painel como uma criança que se levanta no meio da noite à procura de algum navio pirata e em passinhos lentos vai tateando as paredes da casa inteira.

Toc, toc, toc!

As batidas firmes de Inácio na porta de vidro restituíram uma certa normalidade à cena.

– Por que você não foi pra casa? – com a voz firme e a testa suada, enquanto se iniciava a dispersão.

– Desculpe, pai, mas eu não consegui parar.

– Desculpe, Inácio, eu não vi o tempo passar e acabei pegando no sono – falou Caetana com a voz perturbada.

Maria Cândida continuava hipnotizada pela imagem impressa na parede. Para ela, a hipnose fora mais intensa. No momento em que voltou a si, virou o rosto lentamente até me encontrar parado ao lado de meu pai. Um cruzar de olhos que enfim definiu o que, até então, não era explícito.

– Vamos pra casa! – gritou Inácio enquanto deixávamos o saguão e o grande painel.

XIX

Os boatos correram logo e, algumas semanas depois do feriado de Páscoa, formavam-se pequenas filas em frente à escola para admirar o painel. Eu havia me tornado uma espécie de celebridade, parando a cada recreio ou horário de saída para receber cumprimentos das pessoas que admiravam a minha obra. Em uma manhã já distante uns dois meses da conclusão do painel, notei a presença de alguém esperando por mim do lado de fora.

De chapéu-panamá, camisa wifebeater, e acompanhado de um amigo meio namorado, lá estava Paulo Fontes, o marchand que encontrara no ateliê naquele verão.

Escorado na porta de vidro, com os braços e as pernas cruzados, parecia não enxergar nada que passava na sua frente. Um olhar absolutamente indiferente, de pura arrogância. Era incrível como Paulo não precisava nem ao menos mexer um cílio para que ficasse claro o quão esnobe fazia questão de ser. Um tipo de aura que é criada por algo inexplicável. Como se o pensamento tivesse forma na dimensão física. O jeito que o olho brilha, o posicionamento das sobrancelhas, a composição de relaxamento e contração dos músculos da face. Tudo perfeitamente decifrável no livro aberto de um rosto que pretende ser dissimulado.

Avistei-o e saí sem me mostrar muito, mas sabendo que a razão de sua presença só podia ser o painel.

— Jules!? – sussurrou Paulo assim que cruzei a porta de vidro.

— Paulo?

— A memória já é uma virtude. Vim até aqui admirar o seu tão comentado painel. Admirá-lo apenas, já que não devo entendê-lo.

Abri um sorriso leve e Paulo sorriu também.

— Este é o Carlos.

— Muito prazer.

— Vamos indo, a gente te acompanha.

E saímos caminhando nas quadras que separavam a escola do apartamento no edifício Júpiter.

— Eu vim até aqui para admirar o seu painel e lhe fazer uma proposta. Andei conversando com a Caetana e ela me garantiu que você é mesmo um rapaz aplicado e que está comprometido com o seu futuro artístico. Pois gostaria de lhe propor uma primeira exposição.

— Exposição! – falei, apesar de não estar surpreso.

— Sim! Você não viu o que está acontecendo com o seu painel? Semana que vem vou até o ateliê de Caetana e a gente conversa melhor. Queria que pensasse se é viável produzir doze telas até o final do ano. Pense bem e semana que vem a gente se fala.

— Claro! Claro!

E Paulo saiu ao lado de seu amigo amante sob a sombra dos ipês, enquanto eu virava a esquina eufórico. A cada passo que dava nos últimos metros antes de entrar no edifício Júpiter, mais apressava o ritmo para encontrar Inácio e contar a grande novidade. Chegando em casa, percebi que ele não estava. Uma ausência aleatória, fugas que aconteciam nos horários mais imprevisíveis. Inácio andava mais ausente do que de costume. Não dei bola, almocei e saí em direção ao ateliê para contar a Caetana sobre o convite de Paulo. Seriam muitas telas e o compromisso de fazer algo realmente significativo.

Quase lá, avistei Maria Cândida de pé em frente à casa. Parei, ajeitei a roupa e os cabelos desgrenhados e, por alguns instantes, fiquei ali a observando.

Naquele momento preciso tudo pareceu perder a importância. Ela estava sob a sombra das acácias que naquele dia não dançavam com o vento, apenas tornavam nítida a imagem protegida pelo sol que rasgava aquele início de tarde. Uma imagem estonteante que transformava aquela cena em uma obra-prima. Seus lábios umedecidos por algum protetor labial e sua pele bronzeada do sol que pegara em alguma praia do litoral deitada sobre uma esteira de vime. Nos pés, uma sandália bege. No ombro, uma bolsa colorida feita com aqueles tecidos africanos. Ela não demorou para perceber que eu tinha me entregado.

– Jules! – gritou.

A cada passo que dava, sentia que não haveria volta, ali estávamos somente nós dois e mais ninguém. Já quase em frente a ela, o silêncio constrangedor de uma aproximação cheia de subtextos e o medo que precede qualquer investida. Como em um duelo, estávamos frente a frente sem dizer nada. Uma brisa apareceu para dar algum movimento àquela pintura estática, e uma mecha dos cabelos encaracolados de Maria Cândida cobriu parcialmente seu rosto. Quase em um ato de reflexo, ergui o braço e com a ponta dos dedos recoloquei a mecha novamente no lugar. Foi assim que nos tocamos pela primeira vez. Cândida segurou a minha mão com força. Suas mãos estavam levemente suadas, um suor frio que só aparece nos momentos mais importantes de nossas vidas. Nos momentos em que nos expomos ao que desejamos e assim ficamos completamente vulneráveis. Uma vulnerabilidade preciosa que nos tira da rotina segura e nos joga para a vida no seu significado mais explícito. Um chacoalhar dos sentidos.

    Naquele dia, tudo estava muito intenso, e depois de contarmos para Caetana sobre o convite de Paulo, caminhamos durante horas nas ruas do bairro sobre as calçadas ensolaradas.

XX

Logo começaram os esforços para a produção da primeira exposição. Paulo deixou tudo acertado. As telas deveriam ser entregues até a última semana de novembro. Era tempo o bastante para que os doze quadros fossem finalizados. Praticamente um ano. Nove meses. Uma gestação. O painel havia sido magnífico, mas uma exposição inteira precisava de unidade e consistência; um tema. Foram muitas as discussões sobre o tema. Eu sabia por intuição todos os traços, do realismo ao modernismo, do concreto ao abstrato. Dominava incrivelmente qualquer técnica e desvendava qualquer verdade escondida na mais profunda sutileza. Era possível que tivesse desenvolvido essa habilidade nos primeiros anos, afinal, havia decidido com todas as minhas forças ingressar nesse universo com pouco mais de cinco anos. Não dá pra explicar as razões, mas o fato é que estava claro que eu havia me tornado um prodígio. Uma espécie de mensageiro que enxerga mais, que percebe mais, que traduz mais, que comunica mais. Resolvi então decidir o tema da exposição tomado por essa energia que me definia: a praça.

Resolvi pintar o que eu percebia daquela praça. A leitura de um lugar que, no fundo era o meu ponto de convergência. O meu olhar sobre o corredor de buganvílias onde meu pai conhecera a minha mãe. O gramado onde dei meus primeiros passos. O ponto de encontro de todos os dias. Lugar por onde passam vagabundos, crianças, velhos, ricos, pobres, professores, amantes, todos enfim passam por qualquer praça, e aquela não era diferente. Um lugar perfeito para se extrair de tudo e ir ao fundo do que existe de mais inspirador; a diversidade humana. O quanto todos são tão iguais e tão diferentes. A riqueza das imagens que transitavam no meu imaginário alimentada pela condição das pessoas e das coisas daquela praça. O mendigo que dormia protegido apenas por um punhado de folhas escassas daquele final de outono. A senhora que passeava com seu yorkshire sob o olhar indiferente daquele mesmo mendigo. Estava decidido, e a partir de então me joguei pra dentro das telas com todas as minhas forças.

Cândida me acompanhava durante as tardes inteiras e, à medida que o tempo foi passando, mais e mais séria foi ficando a nossa relação. Ela vinha de uma família abastada, um casal excêntrico que herdara terras nos limites do Brasil com o Uruguai e andava pelo mundo gastando o que os seus predecessores haviam construído com muito sacrifício. Ela vivia sem irmãos ou parentes, acompanhada a maior parte do tempo apenas de sua empregada, exceto no verão, quando conviviam em algum lugar exótico do mundo, longe das obrigações escolares.

Além de Maria Cândida, Caetana e Eduardo viviam o meu dia a dia intensamente. Cada etapa, da escolha da tela até a mistura de cores, tudo era compartilhado por aquele grupo, que se sentia privilegiado em observar os meus precisos e magníficos traços.

XXI

Com as sobrancelhas encharcadas, parei por instantes em frente ao espelho com bordas azuis e manchas pretas de umidade. Inácio estava sentado na mesa da cozinha com o café pronto e a camisa abotoada até o pescoço. Assim que sequei minhas sobrancelhas e vesti uma camisa branca, sentei à mesa.

– Que cara é essa? – perguntei a meu pai.
– A mesma cara de sempre.
– Você não me engana.
– Pois então feche os olhos.

E fechei os olhos, enquanto Inácio abria a gaveta dos panos de prato e tirava um embrulho de presente.

– Pode abrir!

O sorriso sempre leve se escancarou enquanto eu pulava em cima do embrulho rasgando o papel com vontade.

– Um artista não pode andar de camisa velha...

Ali havia três camisas de *voile* com as mangas e as golas longas. Já fazia algum tempo que revezava um par de camisas e muitas vezes colocava o meu pulôver mesmo estando calor, apenas para não repetir sempre a mesma roupa. As camisas novas eram caras. Nos últimos tempos

Inácio vinha aparecendo com mais dinheiro em casa e as coisas andavam fartas.

– Nossa! Os algodões estão vendendo bem! – falei empolgado.

– Estão vendendo demais, todo mundo anda louco por algodão!

– Que bom, pai!!

– E depois, com essa exposição, nós vamos ter que te produzir direitinho. Você não pode andar meio mais ou menos! Você tem que arrasar!!

Inácio tinha um jeito simples de falar, às vezes meio rude. Não rude no sentido violento, rude no seu trato. Era um homem de poucas palavras por, de fato, não dominá--las. Como na ocasião da morte de Ângela, quando insistiu para que eu encarasse a perda inaceitável de forma tão abrupta. Uma reação insegura diante de um presente irreversível. Um homem que a partir de então fazia de tudo para proteger o filho por todas as razões do mundo e mais algumas. A projeção que fazia em relação à morte de seu pai. A simples condição de pai viúvo e despreparado como qualquer pai viúvo. A impotência de lidar com tudo e achar que estava errando o tempo todo. O cuidado que de excessivo transborda e faz com que tudo pareça uma ameaça. A habilidade de ensinar sem qualquer fórmula ou orientação. Um instinto que leva a qualquer consequência, contanto que a sobrevivência do dia seguinte esteja garantida. Para ele era assim, e naquele dia caminhamos em direção à praça com um andar despretensioso. Na sensação de gratidão e cumplicidade pelo presente fora de hora, aproveitei para contar sobre o meu namoro com Maria

Cândida, mas não causei surpresa. No dia em que concluí o painel no saguão da escola, havia ficado claro o quanto ela estava encantada por mim. E para Inácio não era difícil perceber a ingenuidade reveladora escondida nos olhos apaixonados dela.

XXII

Namoro só fica sério depois que o genro conhece o sogro e a sogra, e foi isso que fui fazer na casa de Maria Cândida naquela quarta-feira no final daquele outono. A princípio o sogro nunca é legal. Ele é o cara que cuidou, preservou, educou, disse que não era pra fazer isso, não era pra fazer aquilo, tudo que o genro vai pedir que ela faça. De qualquer maneira, o sogro está sempre certo. E o genro também.

Naquela tarde caminhei um bom tempo até achar a casa de Cândida em um bairro não muito distante mas que despendia uma boa caminhada. Um lugar cheio de pátios impecáveis e casas de dois andares. Cheguei e assim que a empregada abriu a porta permaneci firme, apesar de estar em pânico.

Cândida logo correu em minha direção. A porta entreaberta iluminava meu rosto. Nele uma leve expressão de insegurança que não era suficiente para arrancar o mesmo sorriso leve de sempre.

Os pais de Maria Cândida recentemente haviam voltado de uma viagem pela África de onde trouxeram inúmeros artefatos, máscaras, cerâmicas, bugigangas. Ela sentia a distância e não percebia o afeto deles, se é que ele existia, mas fez questão de apresentar o seu primeiro namorado. Talvez encontrasse nisso uma forma de alertá-los do tempo que passava levando embora a menina que ela sempre fora.

Do hall de entrada dava pra ver o casal sentado nas poltronas da sala, uma sala toda de madeira rústica, grandes caibros junto às tesouras do telhado e uma imensa mesa de centro no meio do ambiente, junto à lareira.

– Papai, mamãe, este é o Jules – e sentamos no sofá frente aos dois.

– Então você é o famoso Jules? A Maria Cândida nos fala muito de você.

– Por telefone – Cândida acrescentou rápido, aproveitando para agulhar os dois.

– Então você vai fazer uma exposição de quadros?

– É, será no final do ano.

– Isso é maravilhoso!

Cândida me olhava para ver se eu percebia o que se passava ali. Seus pais falavam num tom entusiasmado, mas não pareciam prestar atenção no que se falava, como se ao final da conversa não fossem lembrar de nada, como se estivessem apenas cumprindo uma formalidade. A mesma formalidade usada em um encontro casual, quando perguntamos o nome de alguém na rua apenas por educação e no instante seguinte descartamos da memória não só o nome como as feições da pessoa. Olhei para Cândida com um olhar de cumplicidade. A ansiedade foi embora de súbito, assim que percebi o teatro que se apresentava ali, um teatro onde os dois eram personagens coadjuvantes de uma novela triste.

– E você pretende fazer o quê? – perguntou o pai, fumando um charuto de quinze centímetros.

– Como assim?

– Profissão.

– Estou pintando, não estou preocupado com profissão.

– É, vocês ainda são crianças...

– Nós vamos dar uma saída – falou Cândida, levantando e olhando direto nos meus olhos.

– Tomem um sorvete. Hoje está tão quente.

– Está bem, mamãe – num tom debochado como se ainda fosse, de fato, uma criança.

E saímos de mãos dadas pelas ruas ladeadas de gramados e com folhas pelo chão. Os últimos dias de calor estavam indo embora e não era preciso fazer nenhum comentário sobre aquele episódio patético. Maria Cândida vivia uma vida solitária ao lado de sua empregada meio mãe e pai. Lembrei-me de Inácio e senti saudade. Um pai presente que fazia mais que tudo para garantir o melhor.

Não falamos nada durante aquele passeio, apenas nos abraçamos e mergulhamos cada um nas nossas próprias reflexões no ritmo lento dos passos que imprimíamos naquelas calçadas.

XXIII

Dia cinco de novembro concluí as doze telas. Uma tarde agradável depois de um inverno de muito trabalho. Tardes e tardes de frio sobre os cavaletes de mogno até aquele dia que parecia não chegar nunca. Para meus amigos Caetana e Eduardo, e para Cândida, um tempo de pura magia. As telas estavam enfileiradas dentro do imenso ateliê de Caetana. Doze histórias de uma praça cheia de tudo. Cheia de cores e sombras. Por ordem, fiz questão de acompanhar o intervalo de um dia inteiro. Um dia de inverno, começando pela neblina. Uma tela toda dominada pelo cinza com tons de verde-escuro e uma densidade que só as manhãs de inverno com sua névoa podem transmitir. Uma névoa parecida com a que me esperava na noite em que cheguei em casa, vindo da maternidade, naquele distante dez de julho. Uma névoa que na verdade não atrapalha apenas a visão das coisas por trás dela. Impede a própria compreensão de quem a admira, como se naquele momento tudo que se soubesse sobre si entrasse em xeque-mate. Como se tudo que estivesse mais arraigado dentro da memória perdesse o sentido e as lembranças fossem jogadas em um local inacessível.

Na segunda tela encontrava-se uma espécie de antídoto. Não se via mais quase nada da névoa que se esvaía, e ela expunha uma visão única e particular dos primeiros toques de luz que descobrem a noite escura com sua leveza redentora. A sensação exata de se estar salvo pelo sol e acolhido por ele. Livre das criaturas da noite que existem mais no nosso imaginário do que em qualquer outro lugar e por isso são tão ameaçadoras. Uma tela que transportava os espectadores para uma dimensão quase ilusionista.

Na terceira, a silhueta de um homem magro de cavanhaque longo e com o olhar perdido. Um olhar único, profundo, cheio de mistério e inquietação. As cores em tons escuros como as sombras onde ele passava a maior parte do tempo, envolto em cobertores surrados e fedorentos, como se fizesse parte da primeira tela e estivesse ali perdido criando uma fusão entre o desgraçado e o bem-aventurado.

Na quarta, surgia pela primeira vez a carrocinha de meu pai. Raios de luz cruzavam os vidros e refletiam o tom rosa dos algodões. As folhas de plátano caíam dando uma sensação de movimento incrível, uma técnica diferente. As letras do nome de Inácio apareciam soltas e fora de ordem. Ali havia um pedaço de cada um que olhasse aquela imagem do passado. Uma imagem inevitável, que permeia a infância de todos. A luz que cruza o vidro de onde saem os doces em uma praça. A pipoca doce, o algodão-doce. O fascínio de estender a mão e subir na ponta dos pés para apanhar o que deveria acabar em poucos instantes, mas que acaba durando pra sempre.

Na quinta tela, sentia-se o calor do sol como se queimasse a pele de quem estivesse a sua frente. Como se a temperatura emanasse da tela com as distorções que o vapor causa na percepção visual, tornando tudo trêmulo e embaralhado. Uma imagem de conforto no frio do inverno, um dia ensolarado em um horário em que todos se despem de suas muitas roupas, trazendo a lembrança rápida de um momento mais solto. Um percurso reduzido pela época do ano, quando o sol passa de lado, mas no centro do dia consegue afastar o frio que invade a personalidade de cada um.

A sexta e a sétima telas eram parecidas, retratavam o momento de descanso de quem acabara de almoçar e estava por ali aguardando o tempo passar, nos instantes que precedem a volta ao trabalho, a aula, o cinema, o encontro, a despedida, a notícia boa, a notícia ruim. Instantes de espera, porém na sexta tela podia-se notar que o sol banhava tudo com seu manto de calor e luz e assim trazia a esperança na forma mais pura. Uma tarde ensolarada e promissora.

Na oitava, o sol estava apenas em poucos raios que escapavam de um céu já cheio de nuvens pesadas. Existia algo ali como uma espécie de mau agouro, uma tarde sombria, a chegada de uma tempestade. O poder de imprimir na tela mais do que apenas o presente. Ali estava o presente e o futuro. Um futuro tão iminente que já se podia sentir os pingos pesados da chuva que estava por vir, o vento forte que arrancaria as árvores e os telhados das casas. Medo.

A nona era mais um antídoto, a própria calmaria que vem para acentuar o quanto a tempestade foi ameaçadora.

E diante dela podia-se sentir o pavor da anterior, uma cena estranha, e observava-se nos olhos dos que estavam diante dela o oposto de sua intenção. Como se no vazio daquele instante estivesse realçada a intensidade do que acabara de acontecer. A própria consciência no seu estado mais doloroso. A noção da gravidade de um acidente instantes após seu acontecimento. Instantes de incredulidade diante do desvio sem retorno.

Na décima, retomei o otimismo em um show de *flares* pelo parque. O sol voltava radiante com sua vitalidade no horário e na época do ano em que sua presença é mais preciosa. Praticamente apenas os raios por entre milhões de galhos soltos pela tela, que emanava relaxamento e contemplação.

A penúltima trazia de volta a noite com algumas figuras humanas um tanto indefinidas. No horário em que não percebemos a força da penumbra e ficamos perdidos na pouca luminosidade. Incomodados sem saber por quê. Algo que acontece com o som. O ruído que é percebido apenas quando para. O mesmo acontece com a visão. A escuridão que só é percebida quando surge a mais singela claridade de um pequeno candelabro. Coisas que vão se transformando sem nos darmos conta. Um estado de hipnose que se dá aos poucos diante da linearidade da vida e que, às vezes, precisa ser interrompido por algum acontecimento extremo antes que tome todo o nosso tempo.

A última era praticamente igual à primeira, com apenas uma diferença: não havia a névoa que embaralhava tudo. Nesta, o final da noite era claro e definido como as noites de verão. Nela havia uma paz impressionante. Um estado de conforto, a ausência total de qualquer conflito. Nirvana.

– O que você acha? – perguntei para Caetana depois de alguns instantes.

Caetana apenas me olhou, com a mesma expressão daquela manhã no saguão da escola em frente ao meu primeiro painel.

XXIV

A exposição foi um sucesso, como não poderia deixar de ser. Passeei entre os convidados com meu sorriso leve e despretensioso aumentando ainda mais o meu carisma diante do público que já começava a se consolidar na medida em que tudo se conectava. Paulo Fontes não fez mais do que a obrigação de um marchand. Encontrar um novo talento e colocá-lo na vitrine. Aquela exposição foi uma senhora vitrine. Não havia quem não tivesse sido convidado. Do artista ao burocrata, todos estavam lá para conferir o meu trabalho magnífico. Cândida estava orgulhosa e sentindo-se, por fim, com uma família. Eduardo apareceu, mas não ficou. Nossa relação andava esquisita. A difícil tarefa de aceitar o sucesso dos outros estava batendo a sua porta. Parecia até que quanto mais eu me estabelecia, mais perdido o futuro dele ficava e mais distante a motivação para qualquer coisa. Dias antes da exposição, ele chegou a questionar a relevância do que vinha acontecendo comigo, como se tudo aquilo fosse uma grande perda de tempo. Como se nenhuma das minhas obras tivesse, de fato, qualquer valor. Não dei bola por se tratar, obviamente, de uma crise de inveja de um amigo sem perspectivas e segui sem perder meu foco, sem deixar de me doar totalmente àquela minha inquestionável tarefa.

A exposição acabou com todos os quadros vendidos e mais oito encomendados. Era mesmo inacreditável aquela ascensão meteórica. Caetana não podia estar mais orgulhosa, pois durante sua vida passou praticamente o tempo todo esperando por um momento como aquele. Com o desejo de projetar em alguém o que ela não conseguira ser nem com o mais dedicado esforço. Caetana era apenas uma artista decorativa, daquelas que pintam uma tela para combinar com a cadeira ou que criam um objeto baseado nas gravuras do papel de parede. Comigo era diferente. Tão diferente e genial que transcendia o artístico. Era como se eu fosse uma espécie de mágico, com a habilidade de levar as pessoas que me admirassem a um transe. Algo que só acontece quando estamos diante do inexplicável, que transcende a nossa compreensão, e assumindo uma condição inferior, inerente a quem se posiciona diante de um Deus, de alguém que sabe o que não sabemos. Com o poder de dominar o desconhecido. De realizar coisas que não se explicam. Que tem a senha do indecifrável.

Naquela noite, após a exposição, fomos todos a um restaurante badalado perto da galeria. Inácio estava emocionado com a realização das projeções da minha mãe. Estava claro em seu rosto que era isso que passava pela sua cabeça, e por isso foi inevitável a recaída. A culpa voltava a desolar as suas feições.

– É por minha conta! – gritou Inácio, expondo sua pouca classe.

– Deixe que o Paulo paga! – falou Caetana, enquanto eu permanecia quieto.

– Eu faço questão!

E tirou do bolso um maço de notas altas, surpreendendo a todos.

— Preciso entrar para o ramo dos algodões-doces — brincou Paulo Fontes, insinuando-se com seu namorado assim que viu o maço de notas.

Fiquei sem jeito.

— O que foi Jules? — perguntou Cândida.

— Não foi nada, eu só estou cansado.

Saí pelas ruas escuras, ao lado de Inácio, naquela noite de estreia em que havia dado o meu primeiro grande passo na direção do reconhecimento. Uma noite inesquecível. O momento em que as profecias de Ângela e do gato falante tomavam consistência diante da unanimidade do resultado da minha primeira exposição.

XXV

O verão havia chegado com toda a sua força. Naquela manhã, a sensação era de que não havia oxigênio, tamanho o calor e a umidade. O suor banhava as minhas costas e a minha nuca, e a temperatura claustrofóbica tirava qualquer um da cama antes que o sol se erguesse no horizonte.

Inácio levantou-se primeiro e foi para a cozinha preparar o café. Eu acordei em seguida e, depois do ritual de todas as manhãs, segui o cheiro suave do café em pó passado no pequeno bule que exalava um lindo fio de fumaça e me aguardava ao lado de uma fatia de pão com manteiga. Lá estava Inácio com uma expressão de orgulho no rosto enquanto eu me aproximava meio sonolento. Uma manhã agradável, apesar do calor. De súbito, ouviu-se um estrondo.

Boom!!!

A porta literalmente desabou e um batalhão de homens entrou no apartamento ordenando que nos abaixássemos com o rosto virado para o chão. Um momento de pânico absoluto. Não dava pra entender nada. O que era, afinal, aquela invasão? O que eles estavam fazendo ali como se estivessem numa dessas batidas policiais que aparecem nos filmes de ação? Todos com armas em punho e violência em seus rostos.

A calmaria de uma manhã de verão e os olhos ainda enuviados de nós dois abriram espaço para as feições de espanto. A lucidez na lágrima que não escorre tamanha a apreensão de cada segundo que está por vir e pode ser o último. Um estado de consciência em que os batimentos cardíacos bombeiam sangue como que para apagar um incêndio de neurotransmissões de todos os tipos. Os dois no chão e o tempo passando escravo daquela situação inusitada e assustadora. Tudo parecia indicar que dentro de alguns instantes eu acordaria novamente suado e tudo não teria passado de um pesadelo que as noites quentes e o seu incômodo induzem. Mas os minutos passavam e não havia jeito de acordar. Uma sensação estranha de não haver nem mesmo a segunda chance que sempre recebemos assim que acordamos de um pesadelo. A sensação surreal de ter que encarar a verdade indesejada, como no dia em que, sentado na sala de espera do hospital, enfrentei a morte de minha mãe.

No olhar de Inácio existia algo que explicava o porquê daquela ação. Uma expressão de tristeza e de consciência num olhar que parecia não esperar por qualquer desfecho diferente daquele. A sensação de que no fundo ele aguardava aquilo de alguma maneira. De repente, como em um filme que rebobina rápido, foram surgindo as imagens de Inácio chegando com o automóvel Renault Gordini em casa em uma época que ninguém tinha carro, entregando os presentes que de tempos em tempos apareciam, financiando o custo do painel, e finalmente o jantar de poucos dias atrás, em que sacara um maço de notas, causando o espanto de todos. Foi nesse momento, no momento em que eu começava a entender o que se passava, que um policial voltou da rua com um saco cheio de uma erva parecida com chimarrão:

– Olha o que estava na carrocinha!

Inácio usava a carrocinha como fachada para vender drogas no parque. Eu estava atônito. Como não percebi uma coisa tão óbvia. Ele nunca deixava faltar nada e de tempos em tempos aparecia com presentes caros como as camisas de *voile*. Inácio não disse nada. Não havia o que dizer. Ele me amava e por certo que não premeditou tudo aquilo. Foi algo que surgiu à medida que interagia com as pessoas da praça. Os vagabundos que passavam o dia rondando e que ele conhecia um a um. Estavam explicadas as vezes que procurei por ele sem sucesso no parque. Não havia mesmo o que fazer. Inácio confessou e ali, naquele momento inevitável, demonstrou o mais profundo arrependimento. Fora levado por um desejo doentio de não deixar faltar nada, de agradar um filho que quis tanto, que reconstruía a relação que ficou perdida nos labirintos da sua memória.

– Filho!

Não pediu desculpas com palavras, até porque nunca havia usado as palavras com familiaridade. Para ele tudo estava dito nos olhares que trocamos desde sempre, e não era preciso dizer o quanto ele me amava e o quanto se arrependia.

Fomos levados para a delegacia no banco de trás do camburão. Um camburão Veraneio verde-escuro com o brasão da Polícia Civil na porta e no capô. Estava definido que não acordaria mesmo daquele pesadelo. Os policiais também não falaram nada além dos direitos de Inácio. Eles pareciam entender perfeitamente o que se passava e, numa espécie de cordialidade, apenas cumpriam o seu dever sem botar a banca tradicional nessas batidas. Eu estava com dezesseis anos e precisaria ficar sob a custódia do Estado ou de alguém que se responsabilizasse por mim.

Sentado no banco de espera da delegacia enquanto interrogavam meu pai, eu mantinha os olhos fixos na porta que dava acesso ao saguão de entrada.

– Psiu!
– É você?
– Venha, eu estou te esperando! – falou o gato enquanto se afastava da porta.

E assim que cruzei a porta em direção ao gato falante, deparei-me com a paisagem que avistava do quarto do hotel no alto da serra. Um grande vale cheio de nuvens baixas repleto de feixes de luz que surgiam dos vãos das montanhas.

– Aqui é mesmo lindo – falei perplexo.
– É lindo.
– Está acontecendo tudo de novo.
– Não, Jules, não está não.
– Está sim. Eu me lembro, é como se pudesse adivinhar cada segundo que está por vir. É um *déjà vu*?
– Não.
– Onde está a cachoeira? Onde está o meu futuro brilhante?

E de súbito abri os olhos e estava diante de uma policial.

— Jules, o seu pai vai ter que ficar. Você tem noção da gravidade da situação dele, não é? Você tem alguém que a gente possa ligar?

— A Caetana.

— Vá até lá e despeça-se dele — falou a policial num tom neutro, amortecida pela rotina de uma delegacia.

Inácio estava sentado em frente a uma pequena mesa daquelas de madeira e fórmica. Ao seu lado um policial que, ao me ver, saiu para tomar um café deixando que ficássemos por alguns poucos momentos a sós. Nos olhos de Inácio, mais do que o arrependimento, estava a certeza de que a partir dali não poderia mais acompanhar os meus passos. Havia naquele olhar um oceano de símbolos. A imagem do pai que se refletia nele e transportava tudo para o seu devido lugar, a necessidade de estar próximo de Ângela através da simples presença de um novo ser humano gerado por eles, a imensa afeição que somente um filho gera e que nada substitui.

Na irreversibilidade daquele momento inusitado, Inácio pediu que eu me aproximasse e falou as únicas palavras que poderiam ser ditas ali, depois de abraçar-me com força:

— Vai dar tudo certo, filho.

Passados pouco mais de trinta minutos, Caetana já estava lá para me buscar. Assim que ela entrou pela porta, nos abraçamos. Eu sorri o mesmo sorriso leve de todos os dias. Como se estivesse acima de qualquer coisa, qualquer infortúnio. Nos abraçamos e tomamos o caminho de casa andando em silêncio por entre as ruas da cidade onde cresci. Eu havia me transformado em um homem. Um homem responsável pelo meu próprio destino.

– Você tem certeza de que não quer dormir lá em casa?

– Tenho. Obrigado.

– Você quer que eu avise a Maria Cândida?

– Não. Eu só quero descansar um pouco.

Apesar do sorriso leve, estava arrasado. No auge de minha ascensão como artista surgia mais uma fatalidade. Meus pensamentos estavam confusos, e assim que cheguei em casa fui até o quarto de Inácio e sentei-me na cama. Ali fiquei por horas absolutamente parado. Preso em um estado de indisposição total. Como se quisesse ficar imóvel para não desencadear mais nada. Não criar mais nada. Ficar apenas no vazio daquele momento, sem ninguém, mergulhado na sensação e na necessidade de não desencadear nem o menor dos acontecimentos. Um sentimento que só aflora quando algo em nós morre, desfalece. Um apagar das luzes que iluminam o lado ensolarado de nossas vidas, um inexplicável blackout. Daqueles que nos pegam desprevenidos, sem uma única vela, um mísero fósforo. Apenas a escuridão que nos priva da possibilidade de revelar qualquer imagem e apaga a identidade refletida no espelho.

XXVI

A primeira visita. Caetana passou exatamente no horário combinado e, tão logo a campainha tocou, abri a porta já pronto. No caminho não falamos muito. Caetana havia se tornado minha tutora, mas não arriscava agir como tal. Ela estava mais para uma amiga que admirava meu trabalho e que se orgulhava de poder estar por perto. Um caminho esquisito, uma jornada que levaria muito mais do que os poucos cinquenta e cinco quilômetros até um módulo federal, anexo da penitenciária do Jacuí em Charqueadas.
– Você quer uma bolacha de água e sal?
– Não, obrigado.
Caetana não arriscou mais do que perguntas elementares, e o ônibus parou no terminal rodoviário. De lá pegamos um táxi até a penitenciária. Da janela do Corcel, dava pra ver a imponência do lugar. Um lugar gigante. Muros de mais de dez metros de altura e guaritas que faziam lembrar os grandes castelos dos contos medievais. Histórias em que os dragões apareciam voando ao redor do castelo com suas línguas de fogo contra as espadas reluzentes dos belos príncipes. Ali, os dragões estavam do lado de dentro, e o meu pai era acusado de ser um deles. A invasão do edifício Júpiter foi consequência de uma investigação que

revelou mais do que apenas o pequeno pacote de maconha escondido em sua carrocinha. Inácio estava envolvido em uma série de delitos. Um absurdo para as lembranças que eu guardava. Inácio sempre fora um pai dedicado, e a sua maior penitência certamente seria o nosso afastamento. Um afastamento forçado por um erro de conduta. Ele vendia algo proibido, algo que poderia ser prejudicial à saúde como tantas outras coisas, algo que muitos queriam mas que não podia ser adquirido a menos que alguém tivesse a audácia de vendê-lo. Uma lógica complexa em uma sociedade cheia de vícios e drogas legalizadas. Uma sociedade cheia de corrupção e falsa moral.

Na entrada, uma espécie de guichê recebia os visitantes encaminhando os documentos de cada um. Assim que passamos para o lado de dentro, uma grande revista me aguardava.

– Vá, Jules! – falou Caetana num tom aveludado.

Os guardas, com uma certa cordialidade, me fizeram tirar toda a roupa, apalpando cada centímetro do meu corpo. Acompanhado por um policial, cruzei a porta e andei uns cem metros por um corredor todo verde. Depois entrei em uma sala dividida por um vidro, onde estava Inácio. Uma cadeira de cada lado, separadas por aquele vidro espesso. Eu estava sonhando com um abraço que não aconteceria. Sentamos e nos olhamos profundamente.

– Vocês têm vinte minutos – falou o carcereiro.

O silêncio permaneceu por alguns instantes.

– Como estão as telas?

– Estão ótimas!!

No meu rosto estava o sorriso que Inácio temia não encontrar. A conversa fluiu como se não estivéssemos um de cada lado daquele vidro blindado e sob o arsenal de uma prisão. Inácio me tranquilizou sobre o tratamento que estava recebendo, e os vinte minutos de visita se esvaíram como em um breve sonho, daqueles que a gente toma de susto ao sentar em uma varanda e deixar que ele aconteça em um segundo de distração.

Na viagem de volta observei as paisagens que corriam do lado de fora da janela do ônibus como se pertencesse a cada lugar que passava, imaginando-me em cada família, em cada brincadeira, em cada vazio. O vazio do horizonte que deixa a imensidão pequena.

XXVII

Passei então a me dedicar exclusivamente às oito telas que foram encomendadas depois da primeira exposição. Todos os dias chegava no início da tarde ao ateliê de Caetana e passava o tempo todo pintando sem falar muito. Apenas pintava sem parar. Com Inácio, falava por telefone duas vezes por semana e visitava-o sábado sim, sábado não. Naquele último ano letivo, Eduardo voltou a me ajudar com as tarefas. Nos aproximamos, e essa aproximação foi fundamental para que eu conseguisse concluir a escola. Uma escola que não me tratou diferente depois da descoberta sobre Inácio. Na verdade todos já sabiam, parecia ser mesmo apenas eu que não me dava conta. Assim que vi Carmem pela primeira vez depois da prisão de meu pai, lembrei do dia em que saí da sala depois do teste para o ateliê de Caetana e flagrei os dois discutindo. Não era preciso entrar no mérito das razões daquela discussão distante. Tudo parecia muito claro agora.

    Um ano que passou voando nas pinceladas das novas telas e nas provas que davam fim a uma vida de rotina puxada. Paulo aparecia de vez em quando no ateliê, com algum namorado novo. E aos poucos tudo foi se reestruturando. Inácio havia deixado uma boa quantia em dinheiro escondida em um dos armários da cozinha dentro de um saco de massa. Na escola, o painel era visto por um sem-número de pessoas que visitavam o saguão apenas para admirá-lo. Eu me sentia mais e mais prestigiado com o sucesso do painel e com o resultado da minha primeira exposição.

Nas oito telas que já começavam a tomar forma, o tema era livre, apesar de um ou dois pedidos terem sido feitos baseados em algumas passagens da sequência da praça.

Entre as tardes no ateliê, a condescendência da professora Carmem e a nova rotina sem a companhia de Inácio, chegou o dia de minha formatura. Um dia de poucas nuvens no céu, muito vento e temperatura baixa. Caetana assumiu provisoriamente o lugar deixado por meu pai e esperou por mim em frente à porta de vidro que separava a rua do saguão.

Cheguei em passos firmes depois de acordar com o pé direito e lavar o rosto três vezes. Cândida matou aula para aparecer lá naquela manhã e ficar ao meu lado. No pequeno auditório, teve início a formatura com a composição de uma mesa de homenageados e alguns discursos. Eu olhava para Caetana e para Carmem com um olhar profundo. Uma mistura de gratidão e fatalidade. Uma mistura de autovalorização e autopiedade. Uma combinação que invadia cada um naquele momento de conquista e de medo. O final de mais uma etapa e o início de outra ainda mais desafiadora. O momento de intervalo entre uma e outra empreitada, a necessidade de pensar. Sim, só pensamos quando estamos suspensos, quando não sabemos o que vai acontecer. Quando estamos fazendo alguma coisa, não questionamos nada, apenas fazemos. Uma parada para respirar e questionar a direção das coisas. Para mim só havia uma direção, e eu seguia por ela de vento em popa, apesar dos percalços que a vida me impunha.

Assim que a formatura acabou fomos todos para a casa de Caetana participar da recepção em comemoração à formatura. Tão logo cruzei o caminho das acácias e entrei no grande salão da casa, corri para o ateliê para retomar o trabalho das oito telas. Eu estava fazendo um processo diferente desta vez. Pintava todas as oito ao mesmo tempo.

– Aonde você vai, Jules? – gritou Cândida enquanto eu entrava no ateliê.

E todos vieram me acompanhar, seguindo as curvas dos meus traços hipnóticos. Não havia muitos convidados, mais ou menos uns vinte, entre colegas, professores e frequentadores do ateliê. Eu me desconectei de tudo e voltei o foco para as telas sem tomar conhecimento das pessoas que me rodeavam. As pinceladas saíam mais uma vez como se fossem psicografadas, como se eu já tivesse tudo absolutamente pronto na cabeça e estivesse ali realizando uma tarefa estritamente braçal. Movimentos elementares, quase como caminhar ou descer uma escada. Já fazia tempo que vinha trabalhando nas telas e elas estavam na fase final. O prazo para entrega já havia estourado e eu estava determinado a usar toda a minha força para acabar o trabalho naquela noite. Uma força que certamente vinha da frustração de ver um dos dias mais importantes de minha vida passar sem a presença de minha mãe e meu pai.

As pinceladas saíam certeiras e definitivas. Ninguém se atrevia a falar nada. Todos apenas observavam, intimidados. Os que falavam estavam no pátio entre os dois prédios, longe do fascínio dos meus movimentos imperativos. Muito tempo depois, ao silêncio quebrado apenas por um ou dois passos ecoados na grande sala, o relógio marcava mais de três horas da manhã. As oito telas falavam, mais uma vez, por si mesmas. Com uma força ainda mais impressionante que a das primeiras doze. Caetana estava ao meu lado quando a última pincelada cruzou a última tela, depois de um traçado que passava de uma para outra numa conexão fascinante. Os meus olhos pertenciam àquelas telas como se não existisse nada além daqueles pedaços de pano, madeira e tinta.

XXVIII

Acordei com o rosto colado no lençol da cama pelo peso da cabeça que pressionava minhas bochechas contra o colchão. Levantei e coloquei o pé direito para fora tocando o chão morno daquela manhã de verão, algumas semanas depois da noite em que terminara as telas. Inácio estava preso e distante. As manhãs repetidas, quando dávamos as mãos e saíamos arrastando a carrocinha em direção à praça e à escola, nunca mais se repetiriam. Naquela manhã, como sempre, levantei e fui até o banheiro lavar o rosto três vezes encharcando demoradamente as sobrancelhas grossas. Depois fui até o pátio do edifício onde Inácio guardava a carrocinha e ali permaneci por um bom tempo olhando calmamente a pequena máquina de fazer algodões. Ao voltar para o apartamento, fui direto para o quarto e abri a porta do guarda-roupas na tentativa de encontrar o gato misterioso que surgia de tempos em tempos e que me confortava com as suas palavras premonitórias. Não havia mais nenhum resquício ali de quando eu vivia na companhia dos meus pais. Olhando para dentro do armário e esperando pela aparição do gato, percebi, no fundo, o móbile que passeava pelo quarto projetado pela luz refletida nas paredes. Uma imagem que surgia quase tão nítida como a própria realidade. A percepção do espaço deslocada no tempo. Os pequenos gatos de pelúcia estavam cheios de pó. Pequenos demais para uma lembrança tão cheia de fantasias. As fantasias que passeavam pela cabeça de uma criança magnífica. Fiquei ali com o móbile na mão e o sorriso no rosto até decidir tomar o caminho do ateliê.

No percurso, o sol de um verão exageradamente quente me pressionava a caminhar mais e mais rápido. Meus pensamentos estavam claros. Eu precisava realizar outra exposição. Uma ainda mais grandiosa e que me consagrasse de forma definitiva. Talvez fora do Brasil, talvez em Paris, Nova York. Minha arte estava clara para todos que a observassem. Seria indiscutível o sucesso de uma grande exposição naquele exato momento. A sutil percepção que pairava no ar de que o *timing* era mesmo aquele.

– Olha quem está aí!

Caetana estava debruçada sobre um monte de ferro trabalhando em cima de um objeto estranho.

– Pode me ajudar aqui?

– Claro!

– Foi assim que a gente se conheceu. Lembra?

– Isso significa que é um recomeço?

– Sempre é, Jules. Você tem falado com o Paulo?

– Não, mas já estou decidido. Acho que é a hora de fazer outra exposição. Desta vez maior, com mais projeção. Uma grande exposição que leve as telas pra lugares mais distantes, mais badalados!!

– Já tenho até o nome da exposição!! Vai se chamar "O sonho e a verdade".

E nos abraçamos na euforia da cumplicidade que vivíamos ali.

XXIX

O inverno chegou rigoroso. Eu passava longos períodos tentando encontrar inspiração para as telas que deveriam vir, frequentando o ateliê e, às vezes, simplesmente em casa, solitário. Envolto com o processo, o tempo passou sem que fosse detectável o acúmulo das semanas e dos meses. Cândida permanecia firme, mesmo não recebendo toda a atenção que julgava merecer. Sua vontade era de mudar-se para o apartamento térreo no edifício Júpiter para ficar ao meu lado. Eu não queria. No máximo permitia que, às vezes, quando ficava até mais tarde, tirasse um pequeno cochilo e retornasse para a casa de seus pais antes que o sol nascesse. Uma rotina que se repetia em um ou dois dias da semana e que era cada vez menos frequente. Algo estava fazendo com que eu me afastasse dela, e poderiam ser vários os motivos: a ausência de Inácio, a necessidade de concentrar-me em minha meta de realizar as novas telas, ou simplesmente o desinteresse que acontece quando um jovem descobre não possuir a fé necessária de que a sua primeira namorada será a melhor e única parceira de sua vida. Melhor e único é algo que, de fato, só a fé pode afirmar.

Naquela manhã, após o mesmo ritual de todas as manhãs, levantando com o pé direito e lavando o rosto três vezes, caminhei até o telefone público de onde ligava para Inácio. Uma tarefa estranha. Eu precisava falar com o meu pai e sentia imensamente a sua falta. No entanto, a sensação de não poder estar perto, de poder falar apenas através de um aparelho telefônico, em muitos momentos só aumentava a dor que sentíamos no vazio da ausência mútua. Aos sábados, quando Caetana não tinha nenhum compromisso importante, íamos até a penitenciária de Charqueadas para vê-lo. Naquela manhã, depois de desligar o telefone e ouvir as palavras de Inácio, que sempre reforçava o quanto eu era magnífico e como era importante não seguir o seu exemplo, retirei novamente o telefone do gancho, busquei um pedaço de papel com o número de Paulo Fontes e disquei preocupado em acertar os detalhes da nova exposição. O telefone tocou sem resposta. Tentei novamente e assim por mais três vezes. Ainda sem resposta recoloquei o fone no gancho e tomei o caminho do ateliê.

Meu casaco cobria parte do rosto, que se escondia do frio daquela manhã. Um frio que penetrava por dentro de qualquer roupa. O tempo começava a se comprimir à medida que deixava a juventude e me transformava em um homem de fato, um homem que assistia o desfile dos verões e invernos enfileirando-se cada vez com maior velocidade. Uma pequena mostra do quanto o tempo transforma tudo e age implacável com seu poder de destruir o que é bom e o que é ruim. De levar com sua sutileza angustiante até a mais forte lembrança. Como o morcego, que vem calmo e, lentamente, solta sua saliva anestésica para sugar gota a gota todo o sangue da presa. O tempo chega e vai assim, dissimulado.

Na entrada, avistei de longe o rosto de Cândida através da janela do ateliê, enquanto Caetana pintava um pequeno quadro decorativo. Uma imagem parecida com a do dia em que a vi pela primeira vez. Parecida mas não idêntica. Eu já conhecia todos os detalhes dela, todos os problemas, todas as virtudes, todos os cheiros, todo o mapa que expõe os porquês de cada um. Enxergava nela um pouco dos pais ausentes que conheci naquele encontro insólito. E uma espécie de leveza artificial que as mulheres encenam na tentativa de passar altivez sem perceber o quanto soam falsas. Eu observava tudo.

– Olha quem está aí!

E entrei dando um abraço em Caetana e um beijo em Cândida.

– Como estão as novas telas?

– Indo.

– Você tem notícias do Paulo Fontes?

– Não falei mais com ele. A última vez foi quando ele veio pegar as oito telas.

– Nossa! Então faz um bom tempo mesmo! Mas está tudo certo?

– Claro! – com meu sorriso leve no rosto.

E voltamos para o trabalho. Uma grande tela onde nós três, sob o meu comando, imprimimos uma base amarelo forte. Incomum para quem a observasse assim vazia, mas não para os meus olhos, que tinham sempre uma imagem guardada no campo da infindável criatividade. Ali ficamos até o final de tarde, quando Cândida e eu decidimos voltar para casa ao sol brando que emanava seus últimos raios. No caminho, não falamos nada. Apenas percorremos juntos o trajeto familiar até o edifício Júpiter. Naquela noite, Cândida adormeceu ao meu lado na cama de casal. Já fazia algumas semanas que eu havia trocado de quarto.

Pouco depois das cinco da manhã, o despertador tocou e tomamos o caminho da casa dos seus pais, como costumávamos fazer.

XXX

Abri a porta do armário da cozinha e, subindo na ponta dos pés, peguei o saco de massa onde Inácio havia deixado o dinheiro num movimento já quase automático. Sempre que o dinheiro acabava, recorria à embalagem, onde encontrava o suficiente para qualquer compra. Um maço de notas altas. Naquele dia não era mais um maço, eram apenas algumas notas altas. O dinheiro estava chegando ao fim e eu não havia percebido. Assim como o tempo, a quantia se esvaiu sem que eu notasse. Sentei depressa à mesa da cozinha e contei as notas, que somavam apenas o suficiente para, no máximo, mais três meses. O dinheiro da venda das minhas primeiras telas já havia sido gasto há um bom tempo. Um dinheiro quase simbólico, considerando que era a minha primeira exposição.

 Recostei-me na parede da cozinha, olhei para o corredor acima do aparador onde minha mãe havia colado meu primeiro desenho, e permaneci ali como se tudo estivesse perfeitamente normal. No meu rosto ainda estava o sorriso leve de todas as manhãs. Um momento de reflexão que durou um bom tempo. A luz entrava pela basculante da cozinha e iluminava parte da casa. Lentamente recoloquei o saco de massa dentro do armário e voltei para o quarto, onde vesti um casaco e uma calça de tergal. Calcei os sapatos e tomei o caminho do ateliê.

O inverno já começava a dar espaço para a primavera naquela manhã, quase meio-dia. Eu costumava acordar na hora que me desse vontade. A escola já era passado e eu não considerava a possibilidade de cursar uma faculdade, apesar da influência de Caetana e Cândida. Eu só queria pintar. Mergulhar nas novas telas, que dariam a cara da minha próxima exposição. Uma exposição que me projetaria para o mundo. "O sonho e a verdade", estava tudo ali, dentro da minha cabeça, enquanto eu caminhava firme ao lado da praça onde minha vida se fez. A cada passada uma nova ideia surgindo de pronto. Cheguei ao ateliê e quase derrubei a porta para alcançar logo os cavaletes onde as telas me esperavam, sem sequer parar para cumprimentar Caetana e sua convidada.

Caetana estava almoçando na companhia de Marta, uma amiga que há muito não via e que aparecera naquela manhã para colocar a conversa em dia. Amigas de infância. Eu me sentia mais inspirado que de costume. Da copa, Caetana e Marta ouviam apenas o barulho das pinceladas que cruzavam a tela. Pinceladas e respingos. Assim que deixaram a mesa, após uma leve sobremesa e um café forte, aproximaram-se do ateliê.

Lá estava eu concentrado em minha tela magnífica. Caetana ficou hipnotizada, como já era de se esperar. Uma obra fascinante. Diferente de tudo que eu havia feito até então, mas sem perder a força de meu estilo. Nos olhos de Caetana estava o brilho e a hipnose, ela nem mesmo lembrava da indelicadeza que eu havia cometido ao entrar sem me anunciar. Eu estava no processo, não parava. Permanecia em cima da tela enquanto as duas se aproximavam. Caetana então se voltou para Marta com os olhos embaçados. Marta estava indiferente e com um ar um pouco irônico.

– Tudo bem? – perguntou Marta para Caetana.
– Você não está vendo?
– Sim, estou vendo.

Marta permanecia indiferente, e eu, percebendo a sua indiferença, parei e virei na direção dela. Em seus olhos não havia nada, sequer a menor emoção. Um olhar vazio que parecia não refletir a imagem a sua frente. Eu sorri e ela também sorriu. Dois sorrisos na aparência parecidos, mas na verdade absolutamente diferentes.

– Desculpe, mas eu acho medíocre.
– Marta! – repreendeu Caetana.
– Tudo bem. Eu admiro a sua sinceridade – falei sem dar muita bola.

E voltei para a tela sem mais olhar para trás, enquanto as duas se dispersavam. Algo havia acontecido ali. Da minha testa escorriam as gotas de um suor quente naquele início de tarde: eu queria concluir aquela tela até o início da noite. Apesar de surpreso, a frigidez de Marta não abalou a minha determinação e penetrei noite adentro, obstinado em concluir aquela primeira tela da minha mais importante exposição. "O sonho e a verdade". Eu sussurrava: "O sonho e a verdade", baixo e alto, às vezes gritava. Um estado mais para sonho do que para verdade, mas que me mantinha inabalável.

– Jules! – falou Cândida com seus cabelos encaracolados, lábios umedecidos e os olhos embaçados diante daquela tela impressionante. Cândida não voltou para a casa de seus pais depois que o despertador tocou no apartamento do edifício Júpiter nessa madrugada.

XXXI

A imagem de Maria Cândida deitada seminua na cama de casal do quarto que outrora fora de Inácio e Ângela representava mais do que um simples atraso. Dali para a frente ela não voltaria mais para a casa de seus pais. Eles, como sempre, não estavam na cidade, e a empregada já estava acostumada com as noites em que ensaiávamos o abandono. Fiquei ali olhando para ela após sair da cama com o pé direito. Escorado no marco da porta, admirava o corpo bronzeado e esguio. Os cabelos encaracolados por sobre o dorso parcialmente coberto pelo lençol. Não tinha certeza e nem fé suficiente para afirmar que ela era realmente a mulher da minha vida. Não conheci nenhuma outra. Nos descobrimos juntos e, antes que se pudéssemos perceber, já estávamos ali naquele momento, naquela cama. Uma certeza impossível, algo que muda todos os dias e que nunca será igual a menos que estejamos nós sob a mesma doutrina, presos a um sentimento de falta que é preenchido por alguém que elegemos. Caminhei até o banheiro, lavei o rosto três vezes e fui para a cozinha preparar o café.

A tarde estava linda. O sol brilhava forte, mas sem a pressão arrasadora do verão. Saímos lado a lado rumo ao ateliê. Um caminhar despretensioso. As telas já estavam quase todas prontas. Eu havia me entregado naquelas últimas semanas e estava na hora de decidir os detalhes da exposição. No caminho paramos no orelhão que eu usava para falar com Inácio. Não era hora nem dia de falar com ele. Sempre as terças e sextas, Inácio ligava da prisão e eu atendia. Naquela tarde liguei de qualquer jeito para deixar o recado. Meu pai precisava ser o primeiro a saber que estávamos morando juntos. Depois da ligação, retirei novamente o fone do gancho e disquei rápido um número decorado.

– Para quem você está ligando agora? – perguntou Cândida ao ver que eu retirava novamente o fone do gancho.

Não respondi. Apenas esperei os toques até que a ligação caísse. Já fazia algum tempo que vinha tentando contato sempre depois de falar com Inácio.

– Eu não consigo mais falar com o Paulo.

– Como assim?

– O Paulo Fontes.

– Eu sei de quem você está falando. Então não está nada certo com a exposição?

– Não.

Cândida sentou-se em uma pequena mureta ao lado do orelhão e, colocando as duas mãos sobre a cabeça, olhou para mim, incrédula.

– Vai dar tudo certo – falei, calmo, com o sorriso de sempre no rosto.

– E o dinheiro da outra exposição? – insinuando que Paulo poderia ter me ludibriado.

– Acabou. Ele disse que no início é assim mesmo. O importante é a projeção. Foi um valor simbólico.

— E se não foi?
— Não viaja.
E tomei o caminho do ateliê, deixando Cândida ali sentada na mureta.
Caetana estava empolgada. As telas estavam enfileiradas na porta do ateliê. Dez telas sobre o sonho e a verdade. Como da outra vez, podia-se ver uma a uma com suas imagens marcantes e intraduzíveis expostas no sentido longitudinal da peça. Entrei rápido, acompanhado de Cândida, que havia desistido de ficar pra trás assim que a deixei de fato.
— O Jules te falou da Marta? — perguntou Caetana para Cândida.
— É meio louca aquela sua amiga — falei, pra desconversar.
— Quem é essa Marta? — perguntou Cândida.
— Uma amiga minha que não gostou do trabalho do Jules.
— Essa Marta não entende nada. Deve ser uma invejosa! — retrucou Cândida.
— Deixa pra lá! Vamos falar da nossa nova exposição!! Onde vai ser, Jules? Paris, Nova York?
— Não sei, não consigo falar com o Paulo. A última vez que falei com ele foi quando lhe entreguei as oito telas no final do verão passado.
— Mas isso faz muito tempo!!!
— Eu sei.
Por mais incomum que pudesse parecer, o mesmo sorriso leve de sempre continuava estampado no meu rosto. Caetana olhava para mim com a mesma admiração

que tinha pelas minhas telas, como se eu, independente de qualquer coisa, fosse o reflexo da minha arte. Um magnetismo que existia desassociado das minhas pinturas.

– Pois eu sei o que nós vamos fazer! Nós vamos para São Paulo. Eu tenho amigos na Casa do Saber, no Itaim, e é pra lá que nós vamos. O Paulo vai ficar de fora!! – falou Caetana.

E os olhos de todos brilharam na empolgação contagiante daquele momento. Um comprometimento que trazia o gostinho do que ainda estava por vir. As muitas faces da realidade como eu havia retratado nas telas daquela exata exposição. Naquele momento, nada havia acontecido ainda, mas já era possível sentir o êxito, absorver a energia positiva que pairava sobre nós. A nítida impressão de que tudo seria magnífico, como eram de fato aquelas gravuras.

XXXII

E começaram os preparativos para a exposição. Caetana se empenhava ao máximo, levada pelo clima de otimismo que nos rodeava naqueles dias. Paulo Fontes desaparecera totalmente, mas, ainda assim, tentei contatá-lo por mais uma ou duas vezes. Os dias passavam arrastados na expectativa de que nossas projeções se concretizassem. Estávamos tendo muita dificuldade em convencer os contatos de Caetana em São Paulo em abrir espaço para mim. Eu não tinha muito currículo, apenas uma exposição e o painel no saguão de uma escola estadual. Os custos também começavam a tomar forma e, à medida que íamos colocando tudo no papel, passagens, estadia, hospedagem, alimentação, divulgação e tudo mais que aparece na hora em que partimos de fato para a ponta do lápis, foram também surgindo os primeiros sinais de dúvida. Que outros contatos podíamos conseguir sem a ajuda de Paulo? Quem iria assumir o risco que nem mesmo os conhecidos de Caetana estavam dispostos a assumir? Com o passar do tempo tudo foi ficando muito claro e, em uma dessas tardes, no vazio da falta de perspectiva, entendi o que se passava. Foi então que, sentado em frente a Caetana e ao lado de Cândida, falei de forma despretensiosa:

– E se nós deixássemos para outro momento a exposição em São Paulo e fizéssemos esta aqui em Porto Alegre?
– Claro! Ótima ideia! E uma pequena exposição em São Paulo agora não daria o mesmo resultado que uma grande exposição aqui, onde você já está quase se consagrando! – falou Caetana aliviada.

E começamos a remanejar as estratégias para a exposição em Porto Alegre. Acionar a imprensa, reservar o espaço, pensar em um ambiente apropriado, fazer a lista de convidados, contratar o serviço de copa. Nós três trabalhávamos sem parar na realização do evento. Eduardo andava sumido. A formatura havia nos unido e nos separado. Um sentimento confuso o afastava de mim na tentativa de encontrar o seu próprio rumo, sem viver na sombra que o eclipsava.

O evento não poderia ter um furo sequer. Ali, não estava mais em jogo apenas a minha carreira como artista, estava também lançada a prova da minha própria sobrevivência. Eu já não tinha mais quase nada e estava dividindo as contas com Cândida, às custas do dinheiro que seu pai mandava sem saber que ela estava morando comigo. Caetana contava com o sucesso da exposição para resgatar o dinheiro gasto com o serviço, os convites, pois ela deixara de fazer seus trabalhos que, mal ou bem, sempre lhe rendiam alguma coisa.

Os dias passaram tomados por esse clima de expectativa. Por uma esperança que, às vezes, se transformava em angústia, na sensação de não restar mais nada além de uma última chance. Um dado na palma da mão diante da mesa vazia. Os instantes precisos que antecedem a decisão.

O frio na barriga nos toques que anunciam o início do espetáculo. E assim iniciou o dia da minha segunda exposição. Cândida e eu acordamos cedo e, depois de sairmos da cama e tomarmos o café, não comemos mais nada durante o dia inteiro, na ansiedade de começar logo o evento. Quarta-feira às dezenove horas em ponto. Caetana esforçou-se para convidar cada pessoa que pudesse formar opinião na cidade: os músicos, os escritores, os atores, os diretores e todos que haviam sido convidados na primeira exposição, apesar de não possuir uma rede de contatos tão específica como a que Paulo possuía. Eduardo apareceu no início da tarde e ajudou a colocar os quadros nas paredes e subir em alguma escada para direcionar a iluminação, enquanto Caetana corria de um lado para o outro, nervosa.

Aos poucos foram chegando os convidados. Eu estava tranquilo como sempre, com meu sorriso no rosto, puxando eventualmente as mangas da camisa para baixo. Caetana estava nervosa e não escondia. Um nervosismo que se ratificou com a chegada de Marta, a amiga que havia execrado o meu trabalho. Ela poderia envenenar a exposição. Caetana não era como Paulo, que emprestava credibilidade ao evento, ela era apenas uma artista decorativa. Ela sabia que as pessoas precisam sempre de um aval, alguém que mostre o caminho. Alguém que imponha o seu senso crítico diante das mentes passivas e medíocres. São poucos os que têm coragem de assumir sozinhos a responsabilidade de gostar ou não gostar de alguma coisa. As implicações de gostar ou não gostar de alguma coisa. Em geral, quando o crítico de arte não tem coragem de expor a sua verdadeira impressão, ele fala pelas entrelinhas.

Caetana acreditava no talento mais do que na influência de Paulo ou de Marta.

As horas foram passando e as pessoas chegando. Cândida andava rápido entre os convidados enquanto eu desfilava despretensioso, atendendo aos que me requisitavam. A sala onde se realizava a exposição estava bem movimentada. Não eram pessoas influentes. Na maioria clientes, amigos e alguns poucos artistas. Aos poucos a bebida foi acabando e os salgadinhos passando com mais demora. A partir dali, percebia-se o movimento suave e dissimulado das pessoas em direção ao lance de escadas que conduzia até a saída.

Quatro telas vendidas e nós quatro parados no meio do saguão vazio. Eu achei bem razoável aquele resultado, considerando que estávamos sozinhos e sem a influência de alguém importante. Afinal de contas haviam sido vendidas quatro telas! Caetana não fez muitos comentários, acho que esperava um resultado mais positivo comercialmente. De qualquer forma, fomos comemorar no mesmo restaurante em que Paulo nos levara no dia em que Inácio sacou o maço de notas de forma deselegante.

Na saída, já quase no saguão, junto à recepção da galeria, estava Marta fumando um cigarro ao lado de alguns amigos. Caetana passou por ela e lhe deu um boa-noite com a cordialidade que lhe era peculiar.

XXXIII

O dinheiro havia acabado completamente. Acordei naquela manhã, coloquei o pé direito pra fora da cama, fui até o banheiro, lavei o rosto três vezes e corri para a cozinha para, na ponta dos pés, alcançar o saco plástico de onde eu pegava o dinheiro para comprar o pão e o leite. Não havia mais nada, nem um centavo sequer. Eu precisava fazer alguma coisa. Os pais de Maria Cândida estavam retornando do Vietnã naquela semana. Caetana não poderia mais nos ajudar, Inácio, menos ainda. Um momento em que o dinheiro se sobrepõe a qualquer coisa. Uma espécie de oxigênio que cessa. Algo que impõe sua prioridade máxima. O instinto de sobrevivência diante da ameaça pétrea. A necessidade irreversível do movimento ou as consequências da passividade e as faltas que ela causaria. O apartamento estava no nome de Inácio, e a justiça havia bloqueado tudo que estivesse relacionado com ele. Saí até a pequena área onde ficava a carrocinha dos algodões-doces e ali sentei na esperança de encontrar o gato falante.

– Psiu!

Virei-me rápido e lá estava Cândida escorada na porta de entrada do prédio.

– É você?

— E quem mais?

Eu esperava que o gato desse alguma pista sobre o meu destino. Já fazia muito tempo que ele não aparecia com as suas profecias, palavras de consolo e de exibicionismo.

Maria Cândida sabia que eu usava o dinheiro de Inácio e que ele estava acabando. Para ela, dinheiro nunca havia sido problema. Na verdade, um problema diferente. O dinheiro levava para longe os seus pais que, deslumbrados por ele, esqueciam do mais importante. Com Inácio não foi muito diferente. Naquele momento eu estava frente a frente com a importância real do dinheiro. Um instrumento de troca simples. Eu precisava trocar alguma coisa por dois pãezinhos e um litro de leite.

— Vamos tomar café? — falou Cândida, sonolenta.

— Acabou.

— Pois então vamos comprar.

— Acabou.

— Como assim, acabou? Acabou o dinheiro?

— Sim, acabou o dinheiro — com meu sorriso leve no rosto.

— Vamos lá pra casa.

E saímos pelas ruas naquela manhã nublada até a casa de Cândida. Lá tomamos café com frutas e torradas na companhia da empregada, sentados à mesa da grande sala de decoração rústica.

— Não se preocupe, Cândida, nós vamos vender as telas que sobraram da exposição. Vai dar tudo certo.

— Eu tenho certeza!

Naquela tarde, passamos horas andando pelo bairro e contemplando as nuvens deitados sobre os bancos da praça. Com nosso caminhar despretensioso, como se tudo estivesse na mais perfeita ordem. Eu não me deixava abater por nada, e Cândida não tinha a menor noção do que significava estar desamparada financeiramente. Os seus pais chegariam naquela semana, e, com o consentimento da empregada, colocamos todos os mantimentos da despensa em sacos de supermercado e levamos para o apartamento do edifício Júpiter. Aqueles alimentos dariam para mais um mês. No dia seguinte voltamos ao ateliê. Caetana estava estranha desde a nossa última exposição. No ateliê, ela expôs as telas que sobraram para tentar vender para algum cliente antigo. Eu continuava otimista, apesar do prejuízo que naquele momento ficou claro através do comportamento de Caetana. Os olhos de Caetana pareciam não brilhar mais com a mesma intensidade depois daquele dia. Uma falta de fé frente a algo tão pequeno. Na verdade, uma mostra das razões pelas quais ela nunca passara de uma simples pintora decorativa.

XXXIV

O pai e a mãe de Cândida estavam na mesma posição daquele primeiro encontro insólito. Sentados nas poltronas da sala de estar, junto da lareira. Eles precisavam saber que eu estava sem dinheiro e que nós estávamos morando juntos. Algo que não tinha muitas chances de dar certo. Nós quatro sentados, dois a dois, de frente uns para os outros. Uma cena em *pause*. Um momento congelado. Não para mim, que mantinha meu sorriso de sempre e, apesar da situação adversa, olhava para eles como se fosse dar um beijo em cada um. A recíproca não era diferente, e eles riam como eu. Para eles, a realidade era algo tão distante quanto qualquer viagem para os pontos de sempre.

– Mamãe, eu estou morando na casa do Jules.
– Que maravilha! E quando foi que você se mudou?
– Já faz um bom tempo.
– Que lindo! – falou a mãe de Cândida, enquanto o pai saboreava seu imenso charuto.

Uma reação bastante diferente da que ela esperava. Diferente, mas não totalmente inusitada. Olhando a cena e os anos que se passaram, dava pra entender o que aquela relação doentia era capaz de oferecer. A indiferença era tanta, e o medo de criar qualquer impasse que atrapalhasse as viagens ou o universo egoísta daqueles pais lunáticos era tão grande, que era mesmo possível imaginar a absoluta falta de interesse deles no futuro de Cândida. Seu egoísmo era tão extremo que ia contra a natureza mais primitiva. A natureza que está arraigada em qualquer ser vivo. A necessidade de perpetuar-se através da existência de um filho estava descartada naquele gesto de absoluta abstenção e egoísmo.

– O Jules está sem dinheiro.

– Claro que o Jules está sem dinheiro. Ele é apenas um menino. Um menino, mas que já pode trabalhar. Eu tenho um emprego para você, meu filho.

– Você deve estar maluco! O Jules é um artista!! – falou Cândida já enfurecida.

E me pegou pelo braço, saindo e batendo a porta forte enquanto seus pais olhavam-se incrédulos. Uma reação inédita para uma filha sempre tão passiva. Saí quieto, levando comigo a sensação de que Cândida estava realmente comigo. Logo que saímos, olhei para ela e vi um sorriso muito parecido com o que eu sempre carregava no rosto. Ela estava se sentindo melhor, como se tivesse desabrochado de alguma forma, como se tivesse dado um salto para uma espécie de liberdade antes condicionada ao seu comportamento. Os seus olhos brilhavam e ela continuava segurando firme na minha mão, eu apenas a acompanhava, sem querer interferir no que ela sentia. Naquele momento, pude enxergar novamente o que havia enxergado naquela tarde distante na entrada do ateliê. Uma beleza forte, cheia de personalidade. Os cabelos encaracolados brilhavam na noite de lua cheia. Uma luz parelha que tomava qualquer canto e abria qualquer caminho. Lentamente fomos chegando à entrada do edifício Júpiter. E aquela foi uma noite inesquecível, cheia de entusiasmo e paixão.

XXXV

Eu não encontrava mais Caetana. Ela estava sempre ocupada correndo atrás de suas encomendas, e aos poucos nós acabamos nos afastando. Um afastamento que aconteceu sem muita consciência. Algo que simplesmente se esvaiu à medida que um e outro assumiam novas tarefas nas suas rotinas. A experiência de morar com Cândida fez com que o tempo passasse ainda mais rápido no dia a dia de um casal de primeira viagem. Como uma viagem a um lugar estranho que parece longa nos primeiros dias. A sensação de terem se passado vários dias em apenas um ou dois. À medida que nos acostumamos com o ambiente a nossa volta, tudo começa a nos parecer familiar, inclusive a velocidade do tempo, que se acelera proporcionalmente ao nosso envolvimento com as coisas e as pessoas. Como em um passeio de férias, os últimos dias já não oferecem mais motivação, só a vontade de voltar para casa. O dinheiro se vai nas primeiras semanas junto com a percepção de que os dias não acabam nunca. A nítida sensação de que tudo se esvai e se transforma. Naquele momento nós já estávamos começando a perder a habilidade e a tolerância de viver apenas com a mesada que o seu pai mandava de onde estivesse. Cândida não queria pedir mais dinheiro. Não queria pedir nem mesmo a mesada em si. Estava tentando alguns concursos sem sucesso, e eu continuava com o mesmo sorriso otimista no rosto tentando pintar algumas telas em casa. Inácio já estava preso há muito tempo e eu não o visitava mais como no início, porque tudo requeria dinheiro. Qualquer mínimo gesto requeria dinheiro. A tela em que eu estava trabalhando, as tintas, os pincéis, a água, o tempo. De repente, tudo passou a custar muito, na condição de não se ter nada.

– Vamos falar com o seu pai – disse decidido depois de pensar muito.

– Falar o quê?

– Falar sobre o emprego.

– Que emprego?

– O que ele disse que tinha.

– Não estou entendendo.

– Eu vou fazer uma grande exposição assim que alguém investir em mim novamente, mas enquanto isso a gente precisa sobreviver.

As palavras faziam todo o sentido. Não era mais possível continuar naquela situação, apesar do clima sempre otimista com que encarávamos qualquer dificuldade. O tempo estava passando depressa demais e nada acontecia para nos tirar daquela situação que piorava a cada dia.

– Está bem. Você tem razão. Já que eles não servem para o papel de pai e mãe, que pelo menos te consigam um emprego.

Uma expressão pesada tomou o rosto de Cândida como se ela tivesse entregado uma parte de si naquele acordo. Como se depois daquela noite ela não fosse mais acordar como antes, diante do gesto que para mim não significava nada. Estava claro que para ela era como se seus pais morressem ali. Uma espécie de reconhecimento de um vínculo que ela abominava. Ser dependente de alguém que você ama e ao mesmo tempo odeia tanto. E quanto mais você tenta odiar, mais você descobre que ama. Um vínculo que não se desfaz. Uma simbiose que custa o preço da paz interior diante de tamanha complexidade. Raiva. Vontade de reverter o fluxo do tempo para recolocar tudo no seu devido lugar. Eu sentia que havia algo muito errado, mas não carregava toda aquela revolta. Eu tinha Ângela no altar de minha memória e caminhava sempre na direção dela.

Eu tentava sempre me desvencilhar dos sentimentos mais escusos e simplesmente reverter tudo sem o esforço que precede qualquer grande mudança. Como se estivesse livre dentro de um mundo só meu e que por ser assim se tornava inatingível. Um mundo onde eu, e apenas eu, podia emitir opinião. Como se qualquer coisa externa não conseguisse penetrar e, independente da pergunta, fizesse soar o mantra da mesma resposta. O entrevistado astuto que conduz o entrevistador, sem que ele perceba, às direções mais convenientes. Eu vivia assim, e Cândida começava a me entender. Um comportamento que naquele momento era fundamental para que ela conseguisse cumprir o combinado e recorrer ao seu pai depois de repudiá-lo.

Na manhã seguinte, saímos pelo portão e andamos pelas ruas que levavam até a casa dos pais dela. O dia amanheceu frio. Eu puxava as mangas para baixo e caminhava junto ao cordão da calçada, onde as flores se acumulavam depois daquela primavera. Durante o trajeto, quase não falamos nada. Eu apenas sorria meu sorriso de todas as manhãs e Cândida me acompanhava tentando reabsorver a energia que nós emanávamos. Pouco antes de avistar a casa, paramos por alguns instantes, nos beijamos e desfrutamos do último momento antes de realmente recorrermos àquela opção. Nos olhos de Cândida estava mais claro do que nunca que aquele seria o primeiro e último pedido que ela faria. Eu estava lá diante dela e não havia outra opção para dar a solução rápida que o momento exigia. Sorrimos juntos um sorriso que carregava cumplicidade e clareza. O perfeito entendimento do que se passava e de quais eram os desejos dela.

XXXVI

Gerente de uma pequena loja de produtos agrícolas no bairro Guarujá não era exatamente o que eu havia sonhado para o meu futuro e parecia estar muito distante das premonições de minha mãe e do gato falante. Uma loja que, além de tudo, ficava tão distante que foi necessária uma mudança. Aluguei o apartamento do edifício Júpiter e locamos outro em um conjunto habitacional mais próximo. Ainda assim, era necessário passar quase meia hora dentro de um ônibus para chegar até o trabalho.

Na semana da mudança, voltei ao ateliê de Caetana para me despedir. Um momento estranho. Ela não parecia tão reticente quanto nos dias que sucederam a última exposição. Estava mais tranquila, havia conseguido vender mais dois quadros, além de uma encomenda de um retrato familiar para um casal que frequentava o ateliê. Na visita, senti uma estranheza por perceber que Caetana ainda acreditava em mim e depositava fé no futuro brilhante que me pertencia. A impressão desta vez era de que apenas não tinha mais condições de investir com trabalho, tempo e dinheiro. Ela sabia tanto quanto eu que não poderia continuar como uma simples ajudante. E assim demos um forte abraço. Reforcei que voltaria na semana seguinte e que a distância não me afastaria do ateliê. Uma despedida camuflada na mais rotineira das visitas. Uma forma de nos despedirmos sem que a despedida ficasse explícita. A simples negação para o futuro próximo contando com as atenuações do futuro distante.

Depois de alguns dias me ambientando no novo apartamento, montando a mobília e assumindo a posição de um adulto de verdade, fui assumir meu primeiro emprego. Uma loja instalada em um prédio antigo que pertencia a um dos amigos do pai de Cândida. Algo ligado às fazendas que a família herdara e às relações que elas proporcionaram.

Eu continuava otimista. Com o salário de gerente daria pra viver bem e até economizar para as telas e uma futura exposição. Cândida iniciou a faculdade de jornalismo seguindo a máxima nacional de jovens bem-afortunados que lotam as universidades públicas. Lá ela passou a investir a maior parte de seu tempo, descobrindo um mundo todo novo.

Eu acordava todos os dias e repetia o mesmo ritual de sempre. Nessa época pude voltar a ver Inácio nos finais de semana, quando pegava um ônibus até a rodoviária e outro para a penitenciária. Lá, repetia as conversas de sempre sob os olhos embaçados do meu pai. Ele nunca me deixava desanimar. Estava sempre reforçando o desejo de Ângela. Um desejo que se confundia na transformação pela qual um ser humano passa dentro de uma prisão. A sua penitência continuava sendo um infindável punhado de arrependimentos que corroíam mais do que qualquer pena. Não era a droga que acharam na sua carrocinha que o fazia passar cada segundo tentando encontrar a paz. Era, na verdade, o desejo de livrar-se da culpa pela morte de Ângela. A culpa por não ter feito as escolhas certas. Coisas que não se explicam facilmente. Eu ficava na prisão cada segundo que me era permitido, e voltei a me aproximar de Inácio tão logo as visitas retomaram sua constância.

A família de Cândida continuava não se interessando pelo nosso destino. E nós também não nos interessávamos pelo destino deles.

Por algum motivo eu continuava otimista. Otimista e feliz. As perspectivas eram boas. Nas horas de pouco movimento na loja, desenhava como fazia na infância. Desenhava compulsivamente, debruçado sobre a minha mesa, que ficava nos fundos, protegido por uma porta de vidro com o meu nome escrito em letras de imprensa. Tratava os clientes com o mesmo tom otimista de sempre e sempre que surgia oportunidade, contava sobre minha grande exposição e o futuro que me esperava. Do painel que hipnotizava as pessoas e de como fui enganado pelo marchand na época mais brilhante da minha vida. Contava apaixonado, e todos percebiam o quanto havia realmente de envolvimento naquele projeto e o quanto eu de fato devia ser excepcionalmente talentoso. Uma nova exposição estava a caminho, e esta seria a definitiva. Todos os dias eu fazia questão de fazer algum comentário. Seria uma exposição patrocinada por contatos que eu mantinha na loja e que fariam toda a diferença. Eu também economizava cada centavo para iniciar minhas novas telas. Na minha sala com letras de imprensa na porta, passava o dia pensando nos temas e nos detalhes da exposição.

O meu trabalho e os estudos de Cândida trouxeram uma rotina que, novamente, iniciou um afastamento. Desta vez não era mais apenas a pouca fé na perpetuação de um primeiro relacionamento. Eu na verdade estava bem, já tinha aceitado esta possibilidade. Maria Cândida é que andava um tanto distante. No convívio comigo aprendeu um pouco do jeito desencanado e se permitiu mais. Na faculdade, conheceu um universo completamente novo. Novas experiências, novas companhias. Uma rotina que transcorria enquanto eu trabalhava na loja. Além de estudar muito, surgiram também alguns bicos, como fazer algumas assessorias de imprensa e alguns releases para novos artistas.

E assim o tempo foi construindo suavemente uma realidade bastante diferente da que dera início a nossa relação. O calendário foi envelhecendo na parede da pequena cozinha do apartamento de nono andar no conjunto habitacional no Guarujá.

Com os mesmos traços esguios de sempre, os sapatos engraxados e os cabelos desgrenhados, fui vivendo cada momento como sempre fizera em minha vida, mantendo o meu sorriso leve no rosto.

De repente e como por descuido, os quatro anos de faculdade de Cândida se passaram sem que eu sequer tivesse conseguido pintar mais que duas telas sobre folhas de jornais dentro da pequena área de serviço ao lado da cozinha. Telas que ficaram ali posicionadas, uma ao lado da outra, como ficavam no ateliê de Caetana. Escoradas cuidadosamente, esperando o momento de serem expostas.

— Nós vamos nos atrasar! – gritou Cândida antes de sairmos em direção ao Salão de Atos da Universidade Federal do Rio Grande do Sul para sua formatura.

No caminho, andamos como nos tempos em que voltávamos do ateliê depois das tardes com Caetana. Soltos, apanhados pela brisa leve dos dias amenos.

No auditório, ao meu lado, estava apenas a empregada que havia sido a sua verdadeira mãe. Dava pra ver nos olhos dela o quanto ela sentia-se assim. Os pais foram avisados, mas não compareceram. Provavelmente aproveitaram o inconveniente do longínquo desentendimento para permanecerem onde estavam e mandarem apenas um cartão com um cheque de presente. Ela não dava mais bola. O que mais valia era que nós estivéssemos lá. Eu, a empregada e alguns colegas que foram com o tempo se aproximando mais e mais.

XXXVII

Cândida chegou em casa eufórica. Ela havia conseguido uma vaga de redatora em um jornal de médio porte, depois de inúmeras tentativas batendo na porta de todas as redações de Porto Alegre. Eu continuava certo de que em breve conseguiria realizar minha nova exposição. Os temas estavam todos na minha cabeça e, com a notícia do emprego de Cândida, eu poderia me dedicar mais, sem o medo de perder o único emprego da casa.

Na loja, continuava entusiasmado diante dos clientes e colegas e fazia questão de falar sobre as novas telas e de como o tempo que passava só criava condições para que tudo fosse ainda mais grandioso. Como sempre, havia algo muito envolvente nos assuntos que abrangiam meus movimentos nas artes. Aos poucos, alguns comentários começaram a surgir, como se alguém tivesse mesmo visto ou presenciado a minha obra inquestionável. Uma das senhoras que sempre frequentava a loja, comprando produtos para um sítio nas imediações da cidade, podia jurar que havia comprado uma das telas vendidas na minha primeira exposição, e eu não duvidava, apesar de lembrar-me da senhora sem muita certeza.

Com o emprego de Cândida e com a receptividade das pessoas a minha volta, precisava apenas concentrar--me nas imagens magníficas que surgiam em minha cabeça revigorada e aceitar que o período difícil estava prestes a ficar para trás.

Certo dia fui até o Empório Miguelangelo, um local dedicado a materiais artísticos, e comprei cinco telas e um jogo completo de tintas espanholas. Havia chegado o momento de retomar o meu caminho sem as barreiras da falta de grana. O momento de enfim comprovar o meu inegável talento perante os personagens do meu passado e do meu presente.

A partir de então, sempre que chegava em casa depois do trabalho, corria para a pequena área de serviço, ao lado da cozinha, e pintava compulsivamente. Cândida quase nunca estava em casa. Sua profissão estava lhe tomando mais tempo do que esperávamos. Havia noites em que ela nem voltava pra casa, viajando atrás de suas matérias acompanhada de um fotógrafo.

A convivência é um complicador em qualquer relação, mas o afastamento é pior. O afastamento, dependendo da medida, desfaz o vínculo. Como uma conexão cerebral, uma lembrança precisa ser repetida para ser fixada. O amor não é diferente. Se não for repetido, lembrado, ele se esvai com o passar do tempo e se esconde em algum lugar irresgatável. Por algum motivo além dos impostos pela vida, estávamos nos afastando a cada dia, mergulhados na rotina e nas prioridades de cada um.

Cândida estava para chegar naquele início de noite do dia 21 de setembro. Eu havia passado a tarde atendendo os clientes e contando minhas façanhas durante o trabalho, antes de dedicar-me às novas telas. Naquela noite, desci do ônibus a duas quadras do apartamento e caminhei por ruas abertas. Sem árvores ou gramados, apenas o concreto, o asfalto e os passeios de pedra-sabão com a sujeira impregnada em seus contornos. Entrei no prédio e abri a porta do apartamento com a mão direita. Com a esquerda, joguei o casaco no pequeno sofá da sala. Como era de se esperar, não havia ninguém no apartamento. Não havia ninguém, mas havia um clima familiar. Uma espécie de mensagem subliminar, algo como a noite em que despertei no sofá do apartamento do edifício Júpiter depois do sonho com o gato falante e do dia em que minha mãe passou por aquela porta deitada sobre aquela cama de metal. Um silêncio tão profundo que traduzia mais do que apenas o vazio momentâneo. Uma leitura além das evidências que se apresentavam. Intuição.

XXXVIII

A separação foi inevitável. Eu continuei com o emprego na loja de produtos agrícolas e Maria Cândida foi morar com o fotógrafo que lhe fazia companhia durante as viagens de trabalho. Algo que já estava no ar há algum tempo, mas que só aflorou após a forte intuição que me tomou naquela chegada ao anoitecer.

Assim, eu não poderia mais abandonar a minha rotina. E isto era o que eu mais queria. Maria Cândida foi embora levando junto o salário extra que ajudaria na minha retomada rumo à próxima exposição. E naquele momento voltei a uma espécie de estaca zero.

O relacionamento simplesmente acabou sem culpa. Talvez apenas a confirmação de que éramos mesmo muito novos e que assim que atingíssemos uma mínima maturidade, mil coisas surgiriam além da simples dúvida. A dúvida que para ela aumentou significativamente à medida que foi avançando nos limites do conhecimento. Uma transformação que a universidade causou. Um afastamento que acontecia no silêncio de cada novo dia quando mais e mais assisti Maria Cândida se integrar àquele novo universo.

Retomei minha rotina em uma casa distante da que cresci, com móveis de lojas de departamento e vizinhos que não conhecia. Um cenário estranho em uma vida estranha que aos poucos e quase desapercebidamente começavam a se tornar mais do que um momento de transição, provisório. Uma ponte para algo magnífico. A ponte estava se tornando a própria estrada sob o meu olhar leve. As telas permaneciam inacabadas na pequena área de serviço ao lado da cozinha. Inacabadas e a cada dia mais cheias de pó, escoradas ao lado do tanque, tapando as primeiras duas que haviam sido concluídas.

No trabalho, não conseguia mais demonstrar o mesmo entusiasmo diante dos clientes e colegas. Um processo lento de desistência e conformidade que nem eu nem ninguém percebia com clareza. Uma transformação silenciosa. Já não era incomum as minhas promessas serem apenas promessas. Aos poucos, nem mais as promessas eram lançadas.

E nesse processo, repetindo um dia exatamente igual ao outro, saí de casa cedo e voltei para casa seis meses depois. E mais seis meses. E mais um ano. E mais dois anos. E assim passaram-se muitos anos. Inácio permanecia na penitenciária, e as minhas visitas, que haviam voltado em boa frequência, escassearam diante da impossibilidade e do desânimo que foi aos poucos tomando conta de mim. Um Jules que se transformava a cada dia sem deixar de encerar os sapatos, puxar as mangas, acordar com o pé direito e lavar o rosto três vezes consecutivas todas as manhãs. Assim como eu, Inácio também não percebia o quanto o tempo estava transformando tudo. Na realidade paralela da prisão, não contava mais os anos, anestesiado por uma vida inútil.

Eu precisava entender alguma coisa que até então não havia me incomodado. Um momento que não se identifica. Um momento sutil, na displicência do dia a dia. Nada na minha vida havia de fato me incomodado. Uma conclusão que serve para o oposto. Eu poderia deduzir que tudo em minha vida fora um imenso incômodo. Uma transformação que se iniciava lá no mais profundo instinto, mas que não transformara ainda o meu sorriso.

XXXIX

Um homem percebe que está envelhecendo quando deliberadamente troca as segundas intenções pelas primeiras. E eu, felizmente ou infelizmente, começava a me enquadrar nesta categoria. Tudo parecia estar acima das minhas expectativas. Uma noite, com os colegas da loja, uma cantada de uma vendedora. Preferia ficar ali onde estivesse. A menina que te chama para um drinque e você aceita pensando apenas na bebida e descarta a garota, desmotivado diante da possibilidade de um envolvimento. Uma forma de desistência ou simplesmente vontade de se realocar em outra condição. Um movimento que, de alguma forma, me despertou para as razões daquele destino que parecia garantido e agora tão distante. Na rotina da loja e no pouco espaço do apartamento, passei aqueles anos imóvel, amortecido pelo meu próprio sorriso, que me preservava.

 Na semelhança dos dias, perdi a conta de quantos anos exatamente haviam se passado. Cheguei em casa naquela noite, no início de abril, transtornado como nunca havia ficado. No trabalho, passei o dia resolvendo problemas incomensuravelmente distantes dos que supunha para a minha vida. Ninguém mais dava bola para minhas histórias de um passado de sucesso, as exposições, o painel hipnótico. Nem mesmo eu tinha mais tanta certeza das palavras que saíam da minha boca. De uma forma obscura, conseguia enxergar a complexidade de minha situação. Como que despertando de um estado de dormência, eu começava a perceber o quanto estava vulnerável a distúrbios vindos das adversidades que a vida me impunha, enquanto dava meu sorriso puro como resposta.

Naquela noite ainda quente de abril, cheguei em casa e fui até a área de serviço ao lado da cozinha onde estavam os quadros cheios de pó. Lá me escorei no marco da porta e lembrei-me do dia em que encontrei o móbile dentro do armário tal qual aquelas telas, abandonadas e cheias de sujeira. Após alguns minutos, fechei suavemente a porta da área e fui até o meu quarto, apoiei a mão na lateral da cama e deitei recostando a cabeça no travesseiro. Ali apaguei a luz do abajur dourado com formas orientais e fechei os olhos, decidido a resgatar a minha vida. Entender de uma vez por todas o que se passara para que eu tivesse tomado um caminho tão diferente do que parecia natural. Por certo que existiria uma explicação escondida em algum lugar remoto da minha consciência. Deitado na cama no escuro absoluto, eu escutava o motor dos carros que passavam pela rua convicto de que precisava despertar para este movimento. Maria Cândida e sua devoção, um casamento que aconteceu cedo e que acabou cedo como tudo na minha vida magnificamente promissora. O painel que me elevou à condição de celebridade e que afirmou minha vocação naquele universo. Um universo cheio de certezas. Certezas demais, como as palavras do amigo imaginário que aparecia e me emprestava confiança. Passei aqueles anos procurando por ele. Estava na hora de cobrar as promessas que ele havia me feito. Alguém que, assim como os outros, simplesmente desapareceu no amontoar dos anos. Subitamente, levantei-me e acendi a luz à procura do gato. Levantei e caminhei pela casa como se ele estivesse mesmo ali. Debaixo do sofá, atrás da cortina, em todos os possíveis lugares onde um gato se esconderia. Saí e fui até a pequena peça destinada aos botijões de gás. Lá estava a mesma teia confeccionada nas ranhuras daquela pequena porta do prédio de meus pais, naquela tarde do meu quarto aniversário em que o vento invisível se mostrava através dela. Ali não havia mais o vento, a teia estava imóvel. O que se escondia por trás dela era o tempo. Por mais que a teia viesse sendo recriada do mesmo jeito, no mesmo lugar, com a mais precisa técnica, definitivamente não se tratava da mesma teia.

Voltei para o apartamento e continuei naquela procura desproposital e paranoica. Nada parecia fazer sentido. Aquele apartamento medíocre naquele bairro distante de onde me sentia em casa. Gerente de uma loja de produtos agrícolas. Eu deveria estar em Londres, Milão ou em qualquer vernissage nas galerias de Nova York e não ali. Predestinado, magnífico, esplêndido, herói. As palavras do gato surgiam ensurdecedoras no silêncio daquela noite. A solidão parecia estar mesmo me enlouquecendo. Uma solidão que, por uma razão ou outra, me conduzia para uma viagem de autoconhecimento. Um autoconhecimento profundo e incrivelmente transformador. Imagens surgiam como lampejos, faíscas que iluminavam um passado confuso e um futuro que precisava de incertezas.

A incerteza de poder me deixar levar pelos sentimentos obscuros que compõem a personalidade de qualquer um. Deixar que os desconfortos exercessem o seu papel sem passar por cima de mim mesmo na ilusão de que tudo é relativo e de que a felicidade é uma opção. Ela não é uma opção. A felicidade é uma condição que depende de um sem-número de fatores para que a celebremos com o valor que ela merece. O valor que a faz ter sentido e que, assim, a faz digna de seu oposto. Eu precisava vibrar em todos os sentidos, precisava experimentar mais. Permitir-me sofrer e abandonar aquele sorriso irritante que estava sempre estampado em meu rosto.

XL

O despertador ainda não havia tocado quando abri os olhos na manhã do dia cinco de abril de mil novecentos e noventa e nove. Abri os olhos por intuição e virei o rosto na direção do relógio que estava prestes a tocar. Suavemente e com uma leve expressão de indiferença no rosto, retirei o lençol que me cobria e, apoiando a mão na lateral da cama, pisei o assoalho fresco precisamente com o pé direito. Primeiro o direito, como fiz em todas as manhãs que precederam aquela.

Decidi não ir ao trabalho. Já fazia quase vinte anos que exercera meus maiores momentos de genialidade. Por algum motivo, neste dia eu estava ali parado, contra a minha própria rotina, e determinado a voltar lá. Voltar sem o sorriso leve de todas as manhãs. Meus passos me tiraram de casa na exata hora em que saía para, ao lado de Inácio, fazer o traçado até a escola. Saí, peguei o ônibus e senti o frescor de um abril ameno entrando pela janela entreaberta do banco à minha frente. Fechei os olhos e lembrei-me da primeira vez que Maria Cândida observou as minhas telas no ateliê. Lembrei-me do amor e da admiração incondicional de minha mãe e do entusiasmo de Caetana nas tardes que passei ao seu lado desentortando objetos e jogando tintas livremente nas telas grandes. Uma sensação que me transportava daquele acento duro de plástico e me levava na ilimitada dimensão da memória e da criatividade.

Já estava quase no final da linha quando desci, perto da praça. A mesma praça em que meu pai parava com a carrocinha de algodão-doce e ali ficava ao lado de sua família. A luz já não tinha a força dos dias de verão e os raios de sol cruzavam as copas das árvores como holofotes iluminando o cenário das minhas recordações. Uma imagem inédita diferente de qualquer referência ao parque feita na minha primeira exposição. O retrato do vazio. Um profundo vazio, reflexo dos instantes que sucedem qualquer espetáculo. Como quando o público se retira e ficam apenas as poltronas cheias de bilhetes jogados pelo chão. Os bilhetes do espetáculo que fora a minha vida até aquele momento. A lembrança de Ângela à sombra de um grande plátano e flashes do acidente na descida da serra me fizeram apressar o passo na direção da escola.

O caminho estava praticamente igual, apesar de as casas não parecerem assim tão imponentes quanto minha lembrança determinava. As quadras não tinham mais os seus gramados impecáveis. Agora tudo estava repleto de muros altos cercados por grades e porteiros eletrônicos. Chegando já na esquina de onde se podia avistar a fachada, percebi algo estranho. No lugar da escola imponente com seu grande portão estava um prédio bastante modesto com um letreiro incompleto. À medida que me aproximava do portão, mais apressava o passo para entender o que se passava. Senti o meu coração batendo forte, corri para dentro do saguão e parei em frente ao painel, de costas para a biblioteca. Lá estava uma coleção de pinturas malfeitas e bastante descascadas. Uma imagem distorcida como o som de uma guitarra punk em um show vazio. A força da incompatibilidade. A lua de uma tarde remota nos altos da serra ocupava o mesmo ambiente que o sol naquele céu absurdo. Era assim a minha impressão diante do que estava ali impresso naquela pequena parede em frente à biblioteca.

Assim que a primeira pessoa, uma senhora bem velhinha cruzou à minha frente, agarrei firme no seu braço:

– O que vocês fizeram com a pintura que estava neste painel?

– Já faz mais de vinte anos que estas pinturas estão aí... Jules?

– Carmem?

– Sim, sou eu querido! Que bom ver você de novo. Como você está? Você está lindo, o mesmo Jules de sempre! E a Maria Cândida? Seu pai? Vá lá ver a sua obra de arte. Ela está ali bem no centro. Vá! Vá relembrar um pouco...

Caminhei lentamente até aquele painel medíocre cheio de pinturas sem qualquer expressão. Lá, bem no centro, estava a pintura de uma árvore invertida com as raízes ao topo, olhos, letras e cores que compunham uma imagem sem qualquer significado relevante. Uma pintura fraca em tons desbotados, coberta por uma camada de sujeira. Meu rosto ficou ainda mais inexpressivo do que naquela mesma manhã, quando acordei intuitivamente para aceitar a verdade. Sem perder tempo corri de volta até Carmem e perguntei pelo paradeiro de Caetana.

– Onde está aquele sorriso cativante, Jules?

– Eu ando meio indisposto. Você sabe onde anda a Caetana?

– Ela se aposentou, mas ainda mora no mesmo lugar.

Saí correndo apenas com um aceno. As quadras passaram voando e em poucos minutos eu estava parado em frente à casa de Caetana. Telhados sobrepostos cobriam várias pequenas casas que se amontoavam sobre um estreito corredor de chão batido. As acácias em frente eram exatamente as mesmas, mas a casa de Caetana não existia mais. Nunca existiu.

– Posso ajudar? – perguntou uma senhora que aguardava em frente ao pequeno portão.

– Estou procurando a Caetana.

– Pode passar. Ela está lá nos fundos.

Tudo se confundia na cabeça repleta de mitos e verdades. Lentamente fui entrando por aquele pequeno corredor cheio de portas. Portas de outras casas que dividiam o mesmo espaço, como numa espécie de colmeia. Na de Caetana estava o batedor de aço escovado que ela, com sua criatividade, deve ter apanhado de algum desses depósitos de demolição. Cheguei e ali fiquei, imóvel. Caetana estava debruçada sobre um objeto tentando entortar uma de suas pontas. Naquele momento tudo ficou claro. Pude enxergar cada detalhe do meu passado ali naquele casebre ao lado dela. Cada tela, o primeiro objeto sobre o qual nos debruçamos e onde por horas ficamos, transformando cada detalhe até que caí sentado com a ponta na mão. Estava tudo muito claro. O painel feito no pequeno espaço que nos foi cedido junto a todos os colegas de minha turma. As tardes na minúscula sala de artes de Caetana, uma espécie de sala de costura, artesanato e pequenas pinturas decorativas. Todo o tipo de objetos para presentes e qualquer coisa que se pudesse encomendar. A grande exposição que não passou de uma pequena mostra realizada em um espaço cedido pela associação de moradores do bairro e que também não era exclusiva de ninguém. Comigo, inúmeros jovens artistas estavam expondo seus trabalhos lá. Sim, eu lembrava do sucesso que Paulo proporcionou àquele primeiro movimento. Paulo Fontes, uma pessoa qualquer que representava as lojas de quinquilharias e intermediou a venda dos pequenos quadrinhos que eu fazia com toda dedicação sob a supervisão de Caetana.

Ali parado, enxerguei afinal como realmente eu era, depois de uma vida acreditando nas versões exclusivas que havia criado para os fatos e as imagens do meu passado.

Somos o que acreditamos que somos, e eu vivi cada segundo da vida impressa em minha memória baseado na percepção distorcida de cada novo dia com a fé de ser mesmo predestinado. Uma fé que por muitos momentos elevou o que fazia a essa condição pelo simples fato de doar-me totalmente. Maria Cândida por certo que se impressionava com os meus feitos, e não foi diferente com Caetana ou com quem quer que tivesse cruzado com meus traços fortes. Traços fortes por razões muito mais importantes do que o valor ou não de um simples quadro como obra de arte. Fortes por serem um testemunho da essência da vida de alguém comum. E eu era magnífico por sobreviver com serenidade à provação da vida e manter o sorriso no rosto como forma de defender-me de mim mesmo e de meus fantasmas.

Com a compreensão de tudo, tanto no real quanto no imaginário, surgiram novamente, como por encanto, as imagens que projetava no passado. Os telhados e suas mansardas, o caminho verde sob as acácias. Até o som que reverberava na grande sala imaginária estava presente na-

quele exato momento em que transcendi os meus mitos e as minhas verdades.
    Aproximei-me com cuidado e falei calmo:
    – Olha quem está aqui.
    – Pode me ajudar?
    – Claro!
    – Segure firme que eu vou entortar...
    Caetana olhou bem nos meus olhos e abriu um sorriso.
    – Me abrace!
    E me abraçou com toda a força.
    – Por onde você andou todo esse tempo? Eu pensei muito em você e nas suas pinturas. Como você era talentoso, rapaz! E a exposição? Foi um sucesso, lembra-se?
    – É. Eu me lembro. E você, como está?
    – Eu estou bem! Me fale de você!
    – Eu só vim te dar um abraço e saber notícias suas. Estava com saudades.
    – Amado! Venha sempre que quiser. Venha pintar uns quadros comigo. E o seu pai... Como está? Já saiu?
    – Ele sai este ano.
    – Graças a nosso bom Jesus!
    – Amém! Não vejo a hora de abraçá-lo.
    – Venha me visitar mais vezes! Vamos pintar aqueles quadrinhos lindos que você fazia!
    – Claro!
    E aos poucos fui me afastando e levando comigo a compreensão do quão magnífico tudo havia sido de fato. De como a minha vida fora uma dádiva. A percepção refletida pelo olhar orgulhoso de Caetana, o mesmo olhar que desfilava nos olhos de Inácio, Eduardo e Maria Cândida. Na fase da imaginação, me deixei levar sem limites na

profunda e sedutora mitomania que me conduziu através dos anos, amaciando minha realidade. Uma forma de encontrar o equilíbrio e me manter conectado aos sonhos de minha mãe. Poder senti-la um pouco mais perto. Como a postura de um instrumentista que precisa enxergar os dedilhados da mão direita e para isso se curva como um gafanhoto. As cordas vibram e sua técnica evolui traduzindo escalas maiores e menores sobre a astúcia dos acordes diminutos. Com os anos as vértebras se atrofiam e o que era uma via confortável se transforma em um incômodo permanente. São raras as pessoas que sentem dor e a percebem. A maioria convive com ela no silêncio do vício e não descobre forças para revertê-la. Voltei para o bairro Guarujá certo de que, assim que Inácio saísse da prisão, tudo retomaria seu curso no apartamento térreo do edifício Júpiter. Algo como a segunda chance que não parecia existir na manhã em que o café esfriou na mesa da cozinha enquanto éramos tomados de assalto. Voltei, abri a porta e fui para a pequena área de serviço onde as telas permaneciam enfileiradas. Com cuidado, retirei um pano estendido no varal, encharquei-o de água e retirei a sujeira que havia se acumulado ali por quase uma vida. Em meu rosto havia algo parecido com o sorriso leve que me protegeu desde sempre. Desta vez, o sorriso apareceu sutilmente e por poucos instantes. Apenas para refletir a satisfação de não precisar mais dele. Ali, esperando por Inácio e limpando as telas, maturei o que era indigesto, aceitei o meu destino, mergulhei no eclipse e ressurgi para reiniciar as pinturas sem as fantasias do meu passado.

IMPRESSÃO:

PALLOTTI
GRÁFICA

Santa Maria - RS | Fone: (55) 3220.4500
www.graficapallotti.com.br